織

張郅忻

獻給為了家而離家的人

目次

推薦序

縫出生活的麗微世界

鍾文音

「是編織教我活下來。」

閱讀這本書，讓我秤到了日常生活所帶來的重量，日常生活是寫作者筆下的重量之所在，在同質性裡攪拌出獨特的異質性，作者發亮的心眼處處，如書中所寫的「朵細」一般：「就算帶著傷痕，帶著遺憾，也要好好活下去。」跟著作者的書寫，我也回味了屬於台灣客家移動混血家族的往事哀樂。

人一旦成長，意味著要被馴化，「我」透過環繞生活周邊的生動人物逐步拉開一個獨有的良善與掙扎世界：阿公、阿婆、癲狗叔、石頭叔、叔叔、姑姑、姨婆、嬸嬸、黑衣女人、小姑婆、小惠、朵細……，從原鄉人拓展至異鄉人，描摹的人物十分生動，在作者靈動的筆觸下，立體而鮮活，展開一個家族在小鎮漫漫人生的微世界。《織》巧妙地以「纏」、「縫」、「染」、「織」、「紗」、「剪」暗喻象徵了人物背後的故事肌理，如織布似的層層推動，密密織就縫補了逝水年華。作者猶如一個世故與純真的混合體，世故面是看穿事物的表面，因而就不需要在表面上繼續流連了，作者於是往更深的心靈切片挖掘。

我最喜歡作者筆下的人物，彷彿他們都是我的「偽家族」，有血有肉地和我對話著。作者不炫技，也不雕飾文字，語言特別有血肉，敘述質樸而率真，對小鎮的地理描寫到位，內裡的思緒也隨著敘述逐步散開：

「現在，阿公真的走了，消失在這個世界。我還能留下嗎？」

「阿公的味道又竄入我的鼻腔，既濃且烈。我把喪服袖擺舉起，尋找氣味的源頭，問身旁的大寶：「你聞聞看，是不是有阿公的味道？」

比如這樣簡單的問話與對話，作者往往瞬間也勾動了讀著的心。

時間如馬車碾過逐漸成長的「我」，體驗悲歡離合與漫漫年華的凋零，女孩逐漸懂得了情，懂得了眼淚，懂得了分別，懂得了日常生活交織的命運地圖。整本書以安安靜靜的語言划向人物的內心世界，流過殘酷的時間之路。

如果把目光看向更深一層，那麼《織》是際遇的縫補技巧、一種隱形命運的縫合技術，所有的碎片都能黏合，如拼圖般，每片碎片都有發亮的螢光記號，讓人記得這些微小人物。

我在閱讀時常感到作者筆下的溫情與獨特的眼光，她將一些彷彿不起眼的東西，著迷似地深入觀看，讓我猶如在欣賞一幅油畫般，必須置於光線中，才能見到那表面看似無物的細節、一筆一畫刻出的線條，以及覆蓋再覆蓋的人物內心，並看見命運的肌理是如何被豐厚織出的。這本書沒有太激烈的情節，也不搞悲情，這書就像河水，悠悠蕩蕩。

有如童年往事，有如純真之歌，也有如人生風景，這書闔上之後，還會在我的腦海裡一格一格地播放著，如老舊的膠卷片上那些處處拓印的刮痕。那些刮痕來自生活，瑕疵即是生活本身的原味。不完美也是一種完美，美麗的刮痕，如織布上的紋路。

（鍾文音，專職寫作，兼擅攝影、繪畫。長年一個人周遊列國，多次擔任國內外駐校作家，受邀參與國際作家寫作計畫。曾獲中時、聯合、吳三連文學獎等重要獎項。已出版多部短篇小說集、長篇小說及散文集。二〇一一年出版百萬字鉅作：台灣島嶼三部曲《豔歌行》、《短歌行》、《傷歌行》。二〇一七最新散文集《捨不得不見妳》。）

推薦序

南向織旅

楊佳嫻

張郅忻的《織》是一幅失敗者群像：阿玲大學畢業後找不到理想工作，癲狗叔想擁有自己房子卻不遂願，父親一再向家裡要錢、屢屢創業失敗，阿公頭家夢失敗、還遺落了戀愛夢在越南，連家族經營、彷彿可收容所有失敗者的牛排館，也節節敗退。同時，《織》也是一部個人命運絞纏進時代機器的小說，從一開頭「慶源紡織廠遭控假關廠，真裁員」新聞引發病臥老人激烈反應，到阿有功敗垂成的越南紡織業舊夢，春梅舊地重遊時想起那件礙於時局與心魔、始終不曾領取的訂做長衣。個人奮力想抓住激流裡的希望，卻被沖回淺灘。

各章命名也透露了作者企圖，〈纏〉、〈縫〉、〈染〉、〈穿〉、〈織〉、〈紗〉、〈剪〉，除了第六章外，都是和絲線布料有關的動詞；這部小說正是經由人物行動、不同敘事角度而交錯疊壓出來的重重織物，彼此浸透，宛如七重紗。另一方面，場景轉換之際，作者也讓語言發揮活絡功效，小說人物們在新竹老家時，以客語談話，到了越南，就適度夾雜一點越南語，但也就像人物們的越南語程度一樣，就一點，多半是招呼致謝抱歉或者地名食物。除了客家與越南，小說裡還有癲狗叔來自印尼的妻子，阿玲因為阿公去世而重逢的泰雅族朋友，Joan Baez 的歌，白光的歌，不同文化線索以不同份量參與了這個從新竹北緣鄉鎮出發的故事。

因此，《織》的核心不單單家族敘事，也是多元文化敘事，更是移民敘事。外籍配偶移民來台，台灣男人移住到越南討生活，甚至可以追溯得更早一些，從廣東移居到印尼或越南、從上海移居到台灣，還說著客家話或粵語，還維持著一點當年都會生活的派頭。移民，不僅是家屋的移轉、地理區位的再定位，也是文化的再融合，更是怎樣攜帶情感、怎樣重構情感的過程，這過程裡獲得與失落各半；失落也即是深藏，一縷氣味就像鬼魂的呼喚，一張相片能捲出渦流，衣飾與植物也可以裝訂過去、現在和未來。《織》最感性之處，正是留意那些微物如何牽引，如何保存了故事。

就拿衣服來說吧，小說裡老張的太太清雲，是上海來的外省女人，和其他太太一同到越南探訪丈夫時，她穿了旗袍。既是出外的盛裝，在異國彰顯出一種民族身分，也是她貼身難忘的上海辰光；那身旗袍，在越南裁縫店家裡得到行家欣賞時，清雲很得意，那是女人的得意，也是心甘情願背負著舊日美好的得意。這一點也讓她能突出於老張其他同事的太太金蓮、春梅之上，藉著合宜閃耀的服裝來襯托出她曾是個大學生，只是戰爭打亂了青春履歷。那旗袍也因此洩漏了清雲心有不甘，卻無可奈何。還有越南女人的長衣，形塑飄逸身姿——一開始先吸引了阿有的目光，發展成一段有始無終的戀愛，然後成為春梅、金蓮、清雲情誼的象徵，再成為春梅錯過的念想，最後，阿有與春梅的孫女阿玲終於真正把長衣穿在身上，春梅看著阿玲，卻想到了清雲。這當中曲折來回四、五十年，一襲長衣好像總在那裏飄飄拂拂。

回過頭來說，結識郅忻，和清華大學有關。就一個完整校園文學環境來說，可供追摹、認同的「學長姊譜系」是頗能發揮功能的。因此，我時常留心作家們的「清華淵源」，並因此讀到也曾在清華求學的郅忻《我家是聯合國》一書。她書寫自身家族裡的南洋與原住民元素，進而發現外籍配偶早已不是家屋的邊緣人，而是生活的軸心了。接著，第二本書《我的肚腹裡有一片海洋》持續關注來台的新移民女性們，同時也展現她努力認識越南文化的初步成果。

同樣從家族經驗出發，長篇小說《織》則是更為聚焦在台灣人在上世紀六、七十年代也身為「移工」的歷史。這段歷史，不僅是台灣戰後產業變化的一環，也成為小說裡家族的記憶暗影，所有遲疑的、不圓滿的，都彷彿可以追索到那段歲月。然而，那份久遠的遺憾、倉皇結束的夢想，卻也跟著移植回來的珍珠花，從過去蔓生到此刻，從此刻再往未來伸出探觸的手指。

（楊佳嫻，台大中文所博士，清大中文系助理教授。著有詩集《屏息的文明》、《你的聲音充滿時間》、《少女維特》、《金烏》，散文集《海風野火花》、《雲和》、《瑪德蓮》、《小火山群》，編有《臺灣成長小說選》，合編有《青春無敵早點詩：中學生新詩選》、《靈魂的領地：國民散文讀本》、《港澳台八十後詩人選集》。）

第一章

纏

阿公的味道

正在樓上穿鞋的我，聽見樓下傳來奇怪的聲音。

我赤著腳快步下樓，躺在客廳中央病床上的阿公，發出「啊、啊、啊」的叫聲。音量不大，但對於已經不發一語的他而言，那聲音幾乎用盡他全身的力氣。我趕緊走到他的身邊，一面拍著他的胸，一面在他耳邊問：「仰般呢[1]？」阿公仍然啊啊啊地叫著。我不知道該如何安撫眼前情緒激動的他，慌張地叫著其他人，卻不見任何人應聲。

我這才想起，現在是下午兩點，早上剛忙過一輪，阿婆、叔叔和嬸嬸們都各自休息去了。阿公剛開始臥床時，身邊一定會有人顧著。但幾個月後，大家發現阿公就只是躺在那張床上，像一株只需要按時澆水的植物，就不再時時陪在他身旁。平時只有把電視機打開，讓電視聲陪伴他。對了！晚上睡覺時，癲狗叔會躺在病床旁的紅沙發上。本來是石頭叔和癲狗叔說好輪流陪睡，但石頭叔認床，一點聲音就睡不著，反而癲狗叔四處遊蕩習慣了，睡哪裡都無所謂，最後只剩他睡在阿公身邊。癲狗叔想必又是到外頭晃蕩

[1] 仰般呢：怎麼了。

了。今天是平常日，堂弟妹都去學校。癲狗嬸和石頭嬸應該是到朋友家走踏。阿婆可能去找叔婆太了，或是去庄下舅婆家。總之，家裡只剩我和阿公。

這時，我聽見電視機裡傳來的抗議聲，一個女人的聲音高喊「抗議」，身旁的一群人跟著喊「抗議」，那帶頭喊的女人，在用布料堆疊的小山旁點火，大火熊熊燃燒。群眾的「抗議」聲越是激烈，如助燃般，火勢越是猛烈，阿公叫得越是用力，只見他細瘦的脖子青筋浮現，發出嘶嘶嘶如蛇吐信的乾枯低吼。會不會是電視的聲音讓阿公變得如此激動？我拿起紅沙發上的遙控器關掉電視。電視機完全暗下前幾秒，跑馬燈出現「**慶源紡織廠遭控假關廠，真裁員**」幾個大字。少了電視機裡傳出的抗議聲，阿公激動的情緒也漸漸減緩。我拿起紙杯，用吸管沾著水，濕潤他的嘴角。他閉上圓睜的雙眼，動也不動，躺在客廳中央的病床上，像一株垂倒的枯樹。

我這才放心回到樓上，坐在階梯，綁上皮鞋的鞋帶，待會要出門搭車，到新竹市一家補習班面試。那家補習班的應徵廣告登在徵人資訊網上已經三、四個月，一段時間拿掉，一段時間又再登，根據我以往的經驗，要不是小孩家長太難搞、工作太操，就是薪水太低，最可怕的結果是兩者都是。但已經失業半年的我，沒有太多選擇的餘地。檢查背包，履歷表與作文教學檔案都在裡頭，背上背包後下樓。牆上時鐘指向兩點半，得趕三點火車的我開始著急起來，家裡一個人都沒有，如果阿公又像剛剛一樣激動起來，該怎麼辦？

躺在床上的阿公，胸部緩慢起伏，和平時沒有兩樣。我靠近他耳邊，像從前一樣說：「俚要出門去新竹的補習班喔。」不知道為什麼，當話從口中說出時，我覺得自己又像從前的小女孩，阿公還是那株粗壯、可以依靠的大樹。

話才說完，阿公用力睜開眼睛，想要說點什麼。我卻聽不清楚，只聽見一個「錢」字。他用氣音用力地丟下這個字，口裡吐出的字仍像羽毛般，輕輕掃過我的耳邊，我伸出手想要抓住，卻只剩空氣。

「麼个錢？」我把耳朵湊近他的嘴巴，他沒有開口，只剩沉重的呼吸聲與喘息聲，雙目再次緊閉。我忍不住輕撫他剩餘的頭髮。這幾年，他的頭髮越掉越多，前額幾乎完全禿了。最後幾個月，臉頰因生病而瘦削，僅存的少許頭髮卻沒有停止生長，它們越來越長，被汗水凝結，旁分於臉的一側。真有點像是過去出門前，抹上髮油的樣子。

只是，看起來和昨天沒有兩樣的他，卻似乎少了些什麼。我伸手觸摸他的手指，枝椏般枯指傳來溫熱體溫。呼吸、體溫都沒問題，那麼究竟是少了什麼呢？蓋著薄被的他，臀部露出白色尿布的一角。我湊近他，深吸一口氣，發現一件奇怪的事，他竟然一點味道都沒有。那些尿騷味、藥粉味，還有褥瘡散發出敗壞的腐肉味，全都不見。應該是鼻子又過敏了吧，我說服自己。說聲再見後，就趕緊奔向火車站。

今天不知道是什麼日子，往新竹電聯車滿滿是人。沒有位子可坐的我，倚靠在門邊，看著窗外。又是陰天，雲層厚而低，幾乎要觸碰到地面滿布的樓房。彷彿只要再低一些，就要下起傾盆大雨。

不過，對這種陰冷的天氣，我早已習慣，不習慣的反而是地面越蓋越多的大樓。比如這個叫做竹北的地方，曾經稻田處處、芒草叢生，現在全被高樓與房地產廣告淹沒，成為台灣房價最高的地區之一。一棟大樓可以蓋三、四十層，每一層可以賣兩、三千萬，再笨的人都知道，蓋房子比種稻子好賺。阿婆曾說她的一個朋友「憨憨」，多年前把整片土地用二十萬賣掉，現在大樓裡的小小一坪都超過這個價錢。

小時候覺得去新竹就是進城，三商百貨、金石堂、麥當勞，還有生活工場，琳瑯滿目的商品陳設在架上。高中讀新竹女中，天天往返新竹與湖口之間。那是一九九〇年代末，火車站前的玫瑰唱片行常有簽唱會，老是排成長長的隊伍。百貨公司越開越多間，樓層越蓋越高，誠品書店、漢堡王、摩斯漢堡一間接著一間。在我的心底，這是一座欣欣向榮的城市，看著它，就像看著自己的未來。後來，隔一陣子來新竹，先是漢堡王消失了，再是玫瑰唱片行。上個月來時，更赫然發現誠品書店已關門，改成賣藥妝的。我不知道這座城市是沒落了，還是變得更繁榮？但我對未來的期待卻是一路走下坡。

誰知道呢？以為上了好高中，就能考上好大學，考上好大學，就能找到好工作。然而，多年以後，我站在同一班列車上，往同一個方向，對未來的期待僅剩下面試順利，有份兩萬多的薪水可以支撐生活。

老天可能聽見我微小的願望，面試過程比我想像中順利，女老闆要我回家等候通知。不過，我看得出一旁男老闆的眼神帶著懷疑，大概是看了我的經歷，對我沒有太大期待。我已經習慣這種眼光，面對這樣的人，只要做得比他預期好一些，就算過關。倒是女老闆同情的視線，帶著過燙的溫度，讓我一再避開。我知道在那種眼光下，不管我表現得好或壞，永遠是個失敗者。無論如何，對於失業半年的我來說，算是一個好消息。

剛步出補習班，手機鈴聲就響起。電話那頭傳來癲狗嬸異常急促的聲音：「妳人在哪？快回來！」

「等我。」我說，一定是阿公出事了。電話被掛斷，我加緊腳步往火車站跑，心底空空蕩蕩，周遭景物彷彿另一個世界。天空飄起細雨，雨滴落在我的臉上，我毫無感覺，也沒想到要打傘，只是一個勁兒往火車站跑去。到了車站，投幣、買票、上火車，身體如同機器人般，執行某種內建的指令，什麼也不敢多想，也無法去想。只聽見心底有個聲音反覆地說，快回家。

火車站卻異常多人，班次一再延後，等了足足四十分鐘的我，焦急地在月台邊踱步。好不容易擠上車廂，由於四處擠滿了人，我站在車門邊。突然，我聞到一股熟悉的味道，賓士牌髮油特有的化學香精味。我望著身邊博愛座上的老爺爺，他頭頂光禿，味道應該不是從他那裡傳來。而我的前方站著的是幾個剛下課的高中生，應該也不是他們。那麼，究竟是誰呢？

仔細聞嗅聞，發現那股味道竟是在我的身上，裡頭不僅有髮油味，還有衣服濕了又乾的汗臭味，帶著一點點木頭衣櫃的香氣，又參雜潮濕的霉味。不會錯的，這是阿公的味道。而且是他本來的味道，和生病以後參雜尿液、腐臭的味道不太一樣。是出門時染上他的味道嗎？不對，那時明明什麼味道也聞不見。不知道為什麼，我隱約感覺到見不到阿公的最後一面。

高中時，我就聽過這則謠傳。如果在半夜十二點以後剪指甲，將來見不到親人的最後一面。我本來不當一回事，可是當曾祖母在我毫無防備的狀況下驟然離開，我開始越來越迷信這則傳說。然而，對於阿公會死的這件事，我一點心理準備都沒有。即使他已臥床整整一年，近兩個月只能喝流質食物。但我看到阿婆耐心地餵他喝豬肉水，用厚實雙臂扶他躺下，對他說話，就感到莫名的安心。並相信，像攀生植物那樣仰賴阿婆活著的阿公，無論變成什麼模樣，只要阿婆還在，就能活下去。

電聯車漸漸慢下，廣播聲傳來熟悉的聲音「湖口站到了」。一下車，就跑著回家。

推開門，只見右側牆邊掛著灰紫色的蚊帳，裡頭的草蓆上躺著一個瘦削的身體。大家跪坐在一旁，低頭啜泣。

「快上去換衣服。」說話的是穿著黑色衣褲的爸爸。我這才意識到，自己身上還穿著阿婆從菜市場買給我的碎花洋裝，對照眼前非黑即白的場面，顯得我的格格不入。反倒是不常回來的爸爸，臉上帶著未刮的鬍渣，毫不費力融入這個家的節奏裡，就像從沒離開似的。

拉開蚊帳，我怔怔望著空無一物的病床，早上離開時，阿公還躺在上頭。一個人就這樣沒有了嗎？我懷著強烈的失落感走上樓梯，那股味道又出現了。每上一層階梯，味道就更濃郁些。一上樓，就看見癲狗叔站在天井下方，仰望著天井。「叔。」我喊他。他回過神看著我，喃喃地說：「這是我的房子。」

「什麼？」我一時聽不懂癲狗叔的話。

「我說，這是我的房子。」他再說了一遍，指著三樓天井旁的欄杆說：「小熊回來了。」我順著他手指的方向向上望，卻什麼也沒看見。

帶小狗的男人

癲狗叔是阿公最小的兒子，他從前的外號不叫癲狗，而叫小番薯。由於癲狗叔和他的二哥石頭叔兩人身材相似，身體和腿的比例一致，都是五五身，加上頭大，兩人從小就被稱作大番薯與小番薯。小熊是癲狗叔發癲前就收養的一隻狗。約是我國小一年級時的某天，他聽見廚房後方臭水溝有細微的小狗哭聲，開門看見一隻小狗在水溝裡掙扎，便撿起牠、幫牠洗澡，把剩飯混了湯和碎肉給那隻小狗吃。小狗有白色長鬈毛，圓滾滾的靈動雙眼，癲狗叔給牠取名 Angel。幾天後，Angel 在騎樓前玩時，碰巧住在我們家後面的鄰居大叔經過，說是他家的狗。他家的母狗生了一窩小狗，而我們撿到的那隻恰巧是他最喜歡的，他要我們把 Angel 還他。他家還有其他小狗，可以讓我們另外選一隻。當時還叫做小番薯的癲狗叔真去抱回一隻，但是這隻一點也不像牠的哥哥 Angel，毛髮是髒髒的灰黑色，長得非常瘦小，只有 Angel 的一半大，不仔細看，還以為是家裡常出沒的灰老鼠。

「仰撿到恁醜的？」阿婆不客氣問道，她對我們養寵物向來非常有意見，說人都快養不活了，幹嘛再糟蹋一個生命。

癲狗叔聳聳肩說：「沒法度，歸窩狗子就佢毋像佢姆，佢姆毋分佢奶食，看起來盡衰過。[2]那隻小狗不僅醜，還反覆嘔吐與拉肚子，病懨懨躺在鳳梨酥四方餅盒裡。癲狗叔端著餅乾盒，帶牠去鎮上獸醫診所，獸醫大叔長得非常胖，據說以前都是醫牛和豬，下手粗重。他把溫度計直直插入小狗的肛門，牠哎叫一聲痛苦掙扎，但因實在太瘦弱，只能任人擺布。獸醫大叔拿起針筒放入藥水，拆去針尖，塞入牠的喉頭，強行把藥灌入。小狗吃了藥，昏昏沉沉。直到半夜發出嗚咽啼哭聲，可能思念狗媽媽了。癲狗叔把小狗連著紙盒，放在他的床底下，用打鼾聲陪伴小狗入睡。一個月後，連獸醫都不敢保證能活多久的瘦弱小狗，奇蹟似存活下來。因為渾身灰土土，只有胸前有一撮白毛，有點像台灣黑熊，癲狗叔喊牠「小熊」。小熊最聽癲狗叔的話，癲狗叔走到哪裡，小熊就跟到哪裡。甚至，癲狗叔開始發癲，把自己關在房裡時，小熊就趴在房門外守候。癲狗叔一出門，小熊會緊跟後頭。一人一狗，遊蕩在小鎮街巷與更外圍的地方。

小鎮最繁華的地方集中在火車站前的中正路。站前繁華，站後荒涼。我們家就位在中正路最底端，勉強沾惹到熱鬧地段的一點甜頭，靠賣吃的養活全家老小。我讀國中前，靠近火車站那端的房子全是日式雙層木造屋，屋形狹長，一樓前端當店面，後面與

2 歸窩狗子：指整窩小狗。盡衰過：很可憐。

二樓是住家，有不少布行、金飾店與冰店集中在此。後來，不知道是誰先開始改建，慢慢地整條街上的木造房屋都改頭換面，成為四層樓高的水泥房，僅存大路中央的一間五金行沒有改建。自我有印象開始，五金行的老闆已是老人，但不管我長到幾歲，他一直是從前的樣子。常年穿白汗衫、西裝褲，老是打赤腳，一臉嚴肅。他的身邊永遠跟著一隻黑色土狗，不知道是活得久，還是已經好幾代，遇見人就狂吠，一副惡狠狠的模樣。每次經過，我都會刻意繞到馬路，腳步加快，不敢逗留。

小熊狗假人勢，幾次向那隻黑狗挑釁。等到黑狗追來，牠又趕緊逃回癲狗叔身邊。有次，一群狗在雜貨店前打群架，幾乎整條中正路的流浪狗和店家狗都參與那場混戰，引來大家觀望。混戰後，黑狗的臀部被咬下一塊肉，不多久因為傷口感染死了。雜貨店老闆跑到家裡門口，指證歷歷，說兇手就是小熊。最後是阿公掏錢賠罪。

黑狗死後不久，癲狗叔開始變得「怪怪的」。先是有事沒事就對著空氣說話，又立誓說要當流浪漢。誰知當流浪漢不容易，得自己找東西吃、尋地方睡。癲狗叔當了一天就後悔，修正誓言，平時在外晃蕩，遇到下雨天或吃飯、睡覺時間，他會帶著小熊回家。流浪途中，若有人對癲狗叔說話不客氣，小熊便呲牙裂嘴對那人吠，直到對方識相閃開。也許是他們一人一狗的形象太鮮明，久而久之，竟合而為一。帶小狗的男人開始被小鎮裡的人稱做「癲狗」，第一個喊的就是雜貨店老闆。癲狗叔本人並不在意，他覺得發癲後，得到與常人不同的神力，能直接和神鬼溝通，上帝、媽祖與老子都在通訊錄上。最後，連家裡人也習慣這麼稱呼他。

癲狗叔也不是一直瘋瘋的，至少剛娶癲狗嬸的那幾年，癲狗叔的瘋病一度好轉。阿婆說這叫「沖喜」，把那些附在癲狗叔身上的妖魔鬼怪全都趕跑。那是癲狗叔發病後第三年，我國中剛畢業的暑假，癲狗叔稱媽祖婆和註生娘娘對他說，他這輩子的任務就是傳宗接代。他不知道哪裡來的資訊，得知小鎮不少男人到印尼娶老婆，他也決定要去。阿婆一聽十分高興，向幾個幫傭過的包租婆借錢。好不容易東借西湊二十萬，讓癲狗叔到印尼去。

癲狗叔去了一個叫做加里曼丹的島上，又搭車去一個叫做山口洋的臨海小鎮。聽癲狗叔說，那裡的房子大多只有一層樓高，大家都騎腳踏車或散步，很像他小時候的台灣。癲狗叔從那裡帶回一個和我同年的女孩，她叫王妙妮，是印尼客家人，兩個姐姐都在台灣。我一開始不太習慣喊她嬸嬸，後來叫著叫著也就習慣了。甚至，常常忘記她其實和我同年，而覺得她真的是比我大上一輩的人。

癲狗嬸來了以後，癲狗叔最大的改變就是不再帶小熊整日在外流浪。他把大部分時間花在癲狗嬸身上，買了台二手摩托車，載著癲狗嬸四處晃。小熊一開始還會追在摩托車後，一段時間後，小熊不再追，意興闌珊趴在騎樓，望著馬路發呆。

癲狗嬸接連生下三個男孩，彷彿印證癲狗叔的預言，他此生任務就是傳宗接代。那三個男孩出生後，最倒楣的是小熊。當他們開始學會走路，不約而同都喜歡追著小熊跑，不只是追，有時還拔牠的毛。小熊那時已是十歲以上的老熊，若不是跑到外面晃蕩，就是默默忍耐這群小孩的無禮。

「這是我的房子。」癲狗叔看了我一眼，再說了一次。我望著空無一物的欄杆，又望向他，有那麼一瞬間，他飽滿的額頭，略禿的髮線，以及矮胖的身形，好像年輕一點的阿公。我記得，阿公似乎也曾說過類似的話。

那是我準備上國小那年，阿公剛從紡織廠退休，他決定將退休金的一部分用來整修房子，將本來只有兩層樓的房子，加蓋成四層樓。癲狗叔不同意這種做法，他要阿公把這棟房子賣掉，加上部分的退休金，另外買三間公寓。「一人一間，才公平。」癲狗叔說。阿公生氣回道：「這係𠊎的屋，𠊎去越南辛苦賺錢轉來買的屋，𠊎想分大家共下住的屋。你要，就自家賺。[3]」阿公聲音大到整間房子都聽得見，癲狗叔沒有再說話。

房子整修後沒多久，爸爸再度以創業為由，向阿公要錢。爸爸跟阿公一樣是老大，和兩個叔叔的五短身材不同，從小長得瘦高體面，國小開始交女朋友，國中三年硬是讀到五年。即使如此，阿公還是深信爸爸終能闖出一番事業，成為一個頭家。就這樣，阿公的積蓄被他這些年無數創業之名，消耗殆盡，只剩下這棟房子。爸爸提議抵押房子，向銀行借貸幾百萬。這些過程沒有人知道，直到法院的封條來了，貼在家中牆壁上，被一張寫上族譜的木框遮掩住。法院的封條和癲狗叔房門前的符咒很像，薄薄一張紙，卻擁有看不見的力量。阿公整天坐在客廳嘆氣，他一定很傷心，就要失去自己的房子。

最後是石頭叔向朋友借錢，跟銀行商討分期，好不容易保住這棟房子。阿婆主動把樓下營生的店面交給石頭叔，勸阿公把房子登記給石頭叔和癲狗叔兩兄弟。「不要以後連住的地方也沒有。」阿婆對阿公說。也告訴我：「妳爸花了太多錢，這房子要做給叔叔，知無？」我點頭，只要不是銀行搶走阿公的房子就好。

3 共下：一起。自家：指自己。

自己的房間

癲狗叔在嘴裡反覆唸著「這是我的房子」，走下樓去，剩我一個人站在天井下方。我從二樓天井處向上望，不敢相信，近三十年的光陰已經過去。天井在三樓和四樓的地面挖空成一個正方形，每一邊約有兩百公分。我們家是長形建築，房子加蓋時，阿公堅持中間要做成天井。天晴時，打開頂樓自動玻璃罩，讓陽光更直接照進這棟房子。由於左右窗戶對著隔壁鄰居的牆，天井的光成為唯一天然光源。阿公在天井四周放了幾盆植栽，其中一株聖誕紅長得特別高大，從三樓長到四樓，攀附在四樓的圍欄上，遮蔽住一些陽光。若遇上突如其來的下雨天，來不及關上天井，雨水會直接打到二樓，這時候得趕緊到四樓按下開關，等待速度緩慢的玻璃罩關上，止住屋內的水災。基本上，天井的好處是比壞處多的，它唯一比較危險的地方，在於三樓和四樓圍繞天井的圍欄空隙太大。圍欄用的是銀白不鏽鋼，沒有多餘裝飾，只有轉彎處的柱子特別高，上頭有個銀白色的球狀物。每根圍欄之間的間隙足以讓一個孩子探出頭來。房子改建完時，我已經上小三了，圍欄間隙大對我沒有太大問題。後來，癲狗叔第一個兒子大寶出世，圍欄就顯得過於危險。為此，阿公拿來一捆金黃色尼龍繩，在柱子與柱子之間橫繞兩條線，避免大寶不小心摔下樓去。

我仔細看著那些阿公圍起的尼龍繩，因為多年來的灰塵髒汙，已經從亮晃晃的金黃色，變成要黑不黑的灰黑色，不少地方都開始分岔起毛，只能從纏繞的縫隙裡看見它原來的色澤。尼龍繩裡應該還有阿公的味道吧。新建時，空氣裡充滿的混凝土味。阿婆得煮茶、午餐與點心，師傅吃過繼續上工。我和鄰居小孩趁師傅休息時，在水泥堆上跳上跳下。現在的三樓與四樓和我一樣，步入中年，問題浮現。牆壁布滿壁癌，大雨時有幾處開始漏水。沒有能力打掉重建，只能加強頂樓防水，有時重新粉刷。這些動作起初有點效用，但作用都是一時的，一個月後，牆壁的油漆又開始脫落，像畫著殘妝的婦女，一臉悲涼。

「明明該時煮得當豐沛[4]啊。」阿婆見狀曾如此嘀咕。

不只油漆開始脫落，外牆也是。上頭的貼磚東落西落，尤其二樓陽台左側牆角，幾乎半露出原來的水泥牆。那個位置在改建前曾種了一株九重葛，它沿著牆角攀爬到三樓。那時的家外牆還沒錢貼磚或塗漆，還好有那株九重葛增添顏色。改建後，從一樓到四樓的外牆都貼上紅土色長型貼磚。九重葛卻不知道被誰搬走了，從此不見。

4 當豐沛：很豐盛。

我打開落地玻璃門，把鼻子貼近貼磚掉落的間隙用力嗅聞，果然聞見阿公的氣味從牆縫裡飄散出來。它如一縷絲線，牽引我穿過玻璃門，回到屋內。牆櫃上擺放著阿公生前撿的石頭，它們坐在特製的木座上，身軀因擦上嬰兒油顯得油亮，每一顆都散發著阿公的味道。我跟隨它們走入飯廳，味道變得稀薄，尤其在天井下方，味道被由上往下的對流驅散。我得聞得更用力，才能抓住那縷幾乎要斷的絲線。它從廚房另一頭傳來。越靠近，味道越強烈。那裡，正是我的房間。

這是我的房間。我想，我至少有權利這麼說吧。

「侹想要房間。」我向正在巡視頂樓的阿公說，他背對我，蹲在地面上。還未改建的三樓，鋪滿保麗龍，上面長出蕨類般不知名的植物。

阿公邊拔除那些無用的植物，漫不在乎地說：「好啊，等妳拿到六張獎狀就做得。」

我一、二年級在班上的成績，大約二、三十名，不好也不壞。為了房間，我開始發憤讀書，一連拿了三次進步獎，兩次第三名，以及自告奮勇代表班上參加作文比賽，得到佳作。不多不少，升上三年級的我拿到六張獎狀。

「阿公，侹的房間呢？」我興奮的流連在還未塗上油漆的新房裡，裡頭盡是水泥的樸實香氣。

「麼个房間？」他一臉疑惑望著我，完全忘記曾經對我許下的承諾。

這棟長型的樓房，三樓前方接近街道的房間，採光最好，癲狗叔說他要這間。中間那間是阿公阿婆的新房間，旁邊有一間公用浴室，最底是石頭叔的房間。至於四樓，起初沒設任何隔間，前端放了一張石頭叔朋友送來的二手乒乓桌，阿公在紡織廠工作的時候，參加過工廠裡的乒乓球社以及口琴社。四樓後方，放置洗衣機、烘乾機以及阿公的古怪機器，譬如用來打磨東西的圓盤機械。由於爸爸很少回家，且他位於二樓後側的房間本來就是最大的，所以沒有為他另設新房。至於阿公、阿婆和我一起睡的那間舊房間，則被當作倉庫，堆滿雜物，連開門都不太容易。

「頭擺的房間分偃好了。」我一點都不甘心，已經得到六張獎狀的我，為什麼還是沒有一間房間？阿公對於我的要求，沒有正面回應。可能是我的年紀還小，他不相信我有能力搬動、挪移原來房間裡的雜物，而且一個人睡。

但事實證明，對自己的房間的渴望，讓我克服這些困難。我先是花了兩、三個星期，想方設法挪動雜物，清出一塊空間。再是練習與黑暗共處，起初將大燈點亮入睡。幾天後，只打開書桌上日光燈。又過一些日子，終於可以在全然的黑暗中沉沉睡去。這是一個屬於我自己的房間，我爭取過、適應過，才得到的應許之地。

對於這塊屬於我的地方，我既渴望留下，也曾試圖逃走。那年，我只有十七歲，一心只想離開這破舊、髒亂，看起來一點希望都沒有的家。對於膽小又沒有任何資源的我來說，想要光明正大離開，只有上大學一途。我曾經以為上大學是逃出小鎮、逃出這個家的「出場券」，因此努力讀書，好不容易吊車尾考上師範學院。之所以非考上師院不可，是因為爸爸曾說：「考不上師院，大學就不用念了，家裡沒錢供妳念大學。」但是，我考上的師院，和阿公、爸爸印象中的師院已經有落差，不能保證未來可以順利在學校任職。我走上這條路，以實現離家的夢想。沒料到這夢想不多久就千瘡百孔，讓我不得不再度回到小鎮，退回這棟房子裡。

不只我，小玉姑姑、兩個叔叔以及爸爸，都離不了家。爸爸在外創業，一失敗就滾回家中窩著，表現出一副誠懇認錯的模樣，直到阿公再次像不要命的賭徒般，拿錢賭他下一次的成功。兩個叔叔沒有爸爸那麼「好命」，他們都曾去外面找過工作，做不了多久又回到家裡。小玉姑姑因盼望離開而結婚，卻歷經丈夫外遇、離婚，再回來。最後，所有人還是倚靠阿公留下的這棟房子與一樓店面，賣吃維生。不被外面世界接受的我們，不願意接受外面世界的我們，只好繞著這棟斑駁不堪的房子打轉。小時候看《小百科》一類的書，知道月亮得繞著地球轉，地球和其他恆星得繞著太陽轉。這不是小玉姑姑和叔叔們的寫照嗎？如宿命般，無法逃脫與這棟房子的連結。所以，我是一定要逃的，在老舊衣櫥內貼一張紙，上頭寫著幾個大字：「十九歲，離家。」十來年後的現在，那張白紙還掛在上頭，似嘲弄我：「怎麼樣，不是很想走嗎？」

現在，阿公真的走了，消失在這個世界。我還能留下嗎？

「阿玲，衣服換好沒？快點，要拜了。」爸爸的聲音從外頭傳來。我打開衣櫥，拿出黑色的衣服和長褲，迅速套在身上。

殯葬團隊很快就來了，他們裝設靈堂，將換過衣服的阿公放入冰櫃裡，家裡正式掛上粉紅色喪簾。穿著黃色道袍的道士領我們祭拜，我聽見小玉姑姑的啜泣聲，但不知道為什麼，面對眼前戲劇般的場面，我一滴眼淚也掉不出來。

祭拜儀式完成後，我圍在金爐前燒紙錢，這裡只有紙片燃燒的味道。正當我這麼想時，阿公的味道又竄入我的鼻腔，既濃且烈。我把喪服袖襬舉起，尋找氣味的源頭，問身旁的大寶：「你聞聞看，是不是有阿公的味道？」

「姊，妳是不是太累了？」大寶露出一副完全不能理解的表情。

小玉姑姑輕拍我的肩，充滿同情望著我說：「那個味道啊，一定是因為妳沒見到他最後一面。」金爐的火猛然燒旺，一陣灰煙朝我撲來，我連忙拍去身上的灰黑餘燼，也試圖揮去那股只有我聞得到的味道。

穿小叮噹鞋的女人

隔天一早下樓，病床不見了。整個客廳彷彿又回到阿公生病前的樣子。電視機依舊開著，紅色沙發占據病床的位置。阿婆和小玉姑姑坐在紅沙發上，兩個嬸嬸各自坐一張板凳，圍著矮桌上摺著手裡的銀紙。阿公還躺在病床時，坐在紅沙發上是癲狗叔。夜裡，癲狗叔蜷曲著身體窩在沙發上的姿勢，常讓我想起當年守候房門的小熊。小熊老死後，癲狗叔不斷在小鎮裡尋找和小熊相似的流浪狗。有天，他抱回一隻黑色長毛的小狗，除了胸前沒有那撮白毛外，確實長得非常像小熊。沒幾天，那隻小狗不見了。癲狗叔不再尋找和小熊相似的狗，也許是他發現，失去的東西不會再回來。

或者，用另一個形式回來。

起初，我以為是自己太累，才會聞到那味道。但過了兩天，那股味道依舊陰魂不散，甚至滲入房子裡的每一個角落，有的地方淡到幾乎聞不見，有的地方卻又濃郁得像阿公就在身邊。要不是阿公真的顯靈，就是我像癲狗叔一樣生病了。否則這股味道為什麼要一直纏著我，而不是其他人？我所謂的其他人，指的是跟我同住在這棟房子裡的人，包括我的阿婆、石頭叔與癲狗叔兩家人。算起來，這棟房子足足塞了十一個人，我是十一的「一」，多餘的那個。不像堂弟妹跟著父母一起住在這棟房子裡，父母離異，依靠阿公阿婆長大的我，從很早以前，就經常感覺到自己存在的多餘。這種感覺隨著兩個叔叔結婚後越來越明顯。

特別是賴在家當米蟲的這半年，向來沉默的石頭叔不只一次對我說：「快四十歲的人了，到外面找一份工作很難嗎？」事實上，我還沒四十，嚴格說起來，是三十五歲。當我二十多歲時，就被「三十歲」這個詞威脅；等到我真的滿三十歲了，「四十歲」又跑來咆哮。從師範大學畢業後，我嘗試過一些工作，曾在學校當過代課老師，流浪過三間學校，決定不再追逐這條沒有止境的路。我滿懷憧憬面試上編輯工作，卻是專門針對國高中生，應付學測考試的國文科編輯。受不了整天做試題，鑽研自己也答不出的題目，做滿一年就辭職。又去幾間補習班當課輔老師，有的不到一個月就走人。我寫過幾篇小說，投至出版社或文學獎，皆沒有下文，就不再寫。漸漸地，休假時間不知不覺多過工作日。尤其，年過三十，願意面試我的老闆越來越少。

兩個嬸嬸也曾客氣試探我：「之前那個男生，看起來人不錯啊。」之前，指的是五年前，我還在當編輯的時候。那個「不錯」的男人，早結婚生子。而我仍寄居在阿公留下的這棟房子裡，過一日算一日。看著身旁來自其他國家的她們，明明年紀都比我小，卻早就結婚、生子，夫家、娘家兩頭都得顧，更顯得我的無用。

無用的我倒是非常認真摺蓮花，因為，這是我能為阿公做的最後一件事。從早到晚，我除了吃飯、喝水，以及起來上廁所外，幾乎都卯足了勁摺蓮花。我已經想不起來，自己有多久沒有這麼專注做一件事情？

這時，我的專注被電視機傳來女主播高亢的聲音打斷：「接下來播報一則新聞消息：慶源紡織廠遭控假關廠，真裁員。」這則新聞讓我想起那天阿公反常的吼叫聲。

「哪間工廠？」阿婆也抬起頭。

「慶源。老爸是不是待過那裡？」小玉姑姑問。

阿婆抬頭看了一眼電視螢幕說：「恁夭壽，恁大間的工廠也要裁人。」

我很小的時候曾經跟著阿公到他工作的紡織廠去，但是那間紡織廠的名字我不記得了，也從不知道他究竟在紡織廠裡做些什麼工作？我只知道，他似乎待過很多間工廠，還去過越南。難道阿公真的待過這間紡織廠，那天聽到消息才會反應這麼大？

「媽。有人來了。」癲狗叔從外頭喊著。外頭剩下癲狗叔一人守著靈堂，他放躺椅的地方被靈堂占據，他索性就坐臥在棺木旁的草蓆上。

「麼个人？」阿婆應聲往外走，我隨後跟著她走出去。只見一個穿著黑衣黑長裙的女人來上香，她看上去的年紀應該與我差不多，頭髮梳攏在後成一束，膚色黝黑，輪廓特別深。她不是我們家的親戚，否則我多多少少會有點印象；以年紀而言，也不可能是阿公的朋友。似乎除了阿婆之外，沒有人知道她是誰。阿婆把點燃的香交給我，示意我拿香給那個女人。我走近她，那股熟悉的味道朝我撲來，不在別的地方，就在那女人身上。沒錯！那是阿公的味道。

黑衣女人燒完香後就離開，沒有白包，沒有多餘的交談。她走後，阿婆回到客廳，繼續摺蓮花。只是，不知道為什麼？那女人的身影一直在我腦海裡，有種似曾相識的感覺，卻又想不起是什麼時候曾經見過。

隔天九點左右，黑衣女人又來了。新聞台結束，改成政論節目。所有步驟都和昨天一模一樣，點香、燒香、離開。我發現她的腳步很輕，隱約看見她穿著與上身毫不相配的運動鞋。她的運動鞋有點幼稚，鞋面上有小叮噹圖案，有時被裙子遮住，有時露出來，像在對我打招呼。

她沒有開口，專注看著眼前的一景一物，像是要把家裡最枝微末節的地方都看穿。尤其是阿公的遺照。難道她發現照片奇怪的地方？阿公要走以前，儘管所有人都知道他將不久於人世，但沒有人意識到喪禮需要一張像樣的照片。曾祖父過世時，他的遺照是請畫師畫的。曾祖母活得久，她過世的時候，畫像遺照已經不流行。還好她幾年前為了去大陸旅遊，辦過台胞證，她的遺照就是台胞證上的照片，微微一笑，不會太多，不會太少。至於阿公，前幾年拍的大頭照太過嚴肅，剩下少數幾張獨照，是他去日本合掌村拍的。跟著宗親團一起去的他，留下一張戴鴨舌帽的照片。另一張，則是不知何處的風景區，站在白色的塔樓前，頭頂斗笠。從照片裡，我忽然察覺一件事，晚年的阿公似乎都是一個人出遊。我所謂的一個人，指的是家裡沒有人跟著他一起出門。小時候，阿公、阿婆和我幾乎都是三人同行，參加阿公工廠裡一年一度的員工旅遊。這幾年，阿婆喜歡跟叔婆太參加進香團，長大的我也不願意跟著他，堂弟妹們則是從小跟著爸媽。

由於能選擇的照片不多，只能在唯二的獨照裡勉強挑一張。相館老闆選中戴斗笠那張，認為把斗笠修掉比較容易。也就是說，阿公遺照上頭頂的部分，本來是一頂斗笠，照片上看起來有些不自然的頭頂，是照相館幫忙補上的顏色。我懷疑，那女人一定是發現這一點，才會打量似的看著阿公的遺照。但是，發現歸發現，有必要天天來確認嗎？她和阿公之間是什麼關係？我看著她轉身離開的背影發愣著。

和前兩天一樣，九點鐘一到，她再次出現，依舊穿著小叮噹球鞋。我遞香給她，朝她笑一笑。她沒有說話，臉上沒有多餘表情，但我能感覺得到她眼神裡的回應，即使只是那麼一剎那。正當她燒完香，準備離開時，我端上一杯茶遞給她。她接過那杯茶，像個乖順的孩子般慢慢喝完它，但仍然沒有說話。

「妳的鞋，」我艱難地吐出這三個字，她抬頭看著我，等我說完。我吞了吞口水說：「很可愛。」本來直接說完沒什麼的，被我這麼吞吞吐吐地說，反而變得過於刻意，讓彼此顯得尷尬。我承認，對於人際交往這件事，我向來笨拙。她沒有回答，靜靜看著我。我害羞地低下頭，她將茶杯塞入我的手中，手指觸碰到我的掌心，冰冷又柔軟。等我回過神，她已轉身走入黑暗的街道。

「妳毋記得佢了？」阿婆邊整理供桌上的供品邊問。

「麼个人？」一頭霧水的我還站在原地，這裡還留著女人身上殘留的氣味。一股我熟悉的味道。

「小惠呀，妳兜小時有共下搞過。[5]」阿婆說。我和她曾經一起玩過？這實在太讓我震驚了，因為我除了那股熟悉的味道以外，什麼也想不起來。阿婆經過我身邊說：「聽妳姑講妳這幾日沒睡好，暗晡夜[6]陪佢睡。」

自從擁有自己的房間後，我已經很久沒和阿婆一起睡。我升上國中那年，阿婆和阿公分房，搬去我隔壁原來是爸爸的房間。她說：「妳阿公睡夢忒大聲[7]，反正妳爸也沒

5 妳兜：妳們。搞：玩。
6 暗晡夜：晚上。
7 忒大聲：太大聲。

轉來睡。」但我知道，阿婆搬到爸爸房間的原因，其實與我有關。癲狗叔的病剛發作，阿婆無法預料小兒子到底會做出什麼事。她睡在我的隔壁，有點想保護我的意思。

出乎我意料的是，躺在阿婆身邊的我，竟然沒有半點不習慣。她身上的味道和阿公不同，融合肥皂與廚房油垢的氣味，蓋過阿公的味道，給我一種熟悉、安心的感覺。就像回到童年時，那個非拉著她的手才能睡著的自己。

隔天起床，身旁的阿婆早已起身忙碌。我在床頭櫃上發現一張照片，照片上有兩個小女孩蹲在一個水泥廠房前，手上把玩著類似橡皮筋或是織線的東西。其中一個是我，我低著頭，只露出一點扁鼻和薄唇。我知道那是我，是因為我身上穿的衣服。那是一件黃色黑色交錯的大格子洋裝，同一塊布料，阿婆請人做成一條A字裙，穿上時裙襬恰好到她的小腿肚。那段時間，只要有喜宴這類特殊場合，阿婆都會幫我穿上那條格子洋裝，自己則穿那條長裙。換言之，現在流行的母子裝，我們當時則是以祖孫裝，現身各種正式的場合，也留下幾張合影。照片裡的另一個小女孩，綁著馬尾，看著鏡頭另一端笑著。她手上的織線，如不規則的蜘蛛網，穿梭在每一根指頭上。照片背面以原子筆寫著「林惠與卉玲」，卉玲是我，林惠應該就是阿婆口中的小惠。

我仔細看著照片裡「小惠」的臉，她有一雙黑白分明的大眼，薄片般嘴唇向兩端微彎，從略微張開的嘴唇可以發現缺少一顆門牙，唇邊有顆明顯的黑痣。我的嘴唇旁也有一顆痣，小惠的痣在右邊，我的在左邊，好像有人曾經這麼比較過她和我的差異。我努力回想，試圖打撈殘存的記憶。

拍照那日，似乎是阿公在紡織廠工作的最後一天。我約六歲，以此推算，應是一九八八年。阿公退休前，我有時會跟著他到工廠。雖是休假時間，他不放心，常跑回工廠看看。照片裡的小女孩，是阿公同事的孩子，我們年紀差不多。有時我會在工廠遇見她，員工旅行時，我們倆因為年齡相近的緣故，自然而然玩在一起。阿公那天帶著相機，應是想拍下幾張和同事的合照，因此留下這張照片。

「阿玲，醒了？」阿婆的聲音自廚房傳來。從小到大，我最討厭她在廚房裡叫我，準是要叫我去跑腿，像是「阿玲，去拿豆油！」「阿玲，去買鹽。」不過，此時也許是因為阿公剛離開，對於這些叫喚，竟覺得莫名珍惜。

「醒了啦！」我打開隔著廚房與房間的那扇門，走到角落的盥洗台。

這座水泥造的盥洗台位於廚房的一角，是從曾祖母那一代留下來的。雖然有漏水的問題，但從沒有人想要修理或打掉它。打開鏡架，裡頭是牙刷架和牙膏，牙刷數量遠遠超出家裡人的數量。我甚至懷疑，這牙刷該不會有些是曾祖母還在世留下來的吧。我很怕拿錯牙刷，把自己的放在鏡架最上層，刻意與其他牙刷區隔開來。正在流理台洗菜的阿婆，背對著我。這流理台也用了二十年，其中幾面門因為破損或關不上，乾脆拆掉。

流理台因而露出它肚子裡的鍋碗瓢盆，還有搞不清楚年代的陳年舊物，使得這間廚房看起來十分凌亂。這是我們家的習慣，明明沒有用到的東西，卻怎麼也不願意丟，寧願累積在那裡，以為有天一定會用上。那張破舊的紅沙發也是，本來是鄰居淘汰的舊物，就這麼運回我家用到現在。彷彿再怎麼破舊、無用的東西，都可以留在這裡。

我走到盥洗台前，準備刷牙洗臉，從鏡子裡看見阿婆肥胖的背影，微微彎著。

「妳看到相片了？」

「嗯。」牙刷在嘴巴裡，只能嗯嗯啊啊。

「該細人[8]也盡衰過。出生就毋會講話，佢爸又走掉了。」

我連忙把嘴巴裡的泡沫吐掉問：「結果呢？」

「佢姆一个細妹人[9]，又要做頭路，又愛照顧佢。仰知你阿公退休沒幾久，工廠就遷去大陸。」阿婆把水龍頭關掉，接著說：「聽妳阿公講，佢一下無頭路，就發癲了。」

少了水聲，最後一句話聽來格外清楚。

「小惠仰結煞[10]？」那個和我同年紀的孩子，沒有父親、失去母親，我還有阿公阿婆，她怎麼度過才剛開始的童年？

「分佢舅接去照顧，沒阿姆的細人，衰過啦！」阿婆忍不住嘆了一口氣。小時候，每次小玉姑姑或叔叔們責備我時，阿婆也會這麼說：「毋要罵了，佢沒阿姆佇屑頭[11]，衰過啦！」

「佢做麼个逐日來拜阿公？」這是我最不了解的部分。

「偓會知？毋過，佢姆發癲，係妳阿公送去醫院。」阿婆說。

我本來想接著問為什麼，話到嘴邊又嚥下。怎麼會是我阿公發現？我阿公跑去人家家幹嘛？

阿婆像是讀出我的心思，把臉盆裡的菜葉放到砧板上，邊切菜邊說：「妳阿公正經係大憨。佢該時做到副廠長，知工廠會裁當多人。頭家要佢做毋得講出去，佢就乖乖聽話，毋敢和該兜[12]同事講。」她嘆了一口氣，接著說：「好得妳阿公還有點良心，知佢一个細妹人渡細人[13]當辛苦，想帶點錢去佢屋家看佢。妳阿公講佢扣門沒人應，

8 細人：小孩。
9 細妹人：女人。
10 仰結煞：怎麼辦。
11 佇脣頭：在旁邊。
12 該兜：那些。
13 渡細人：帶小孩。

問隔壁也無人知，就去喊警察。一開門，佇灶下[14]看到該細人和佢姆，佢姆衫褲沒著正[15]，坐到地泥下，歸嘴全係線頭。講起來，忒衰過就係該細人。」

後來的事情，我有點印象。阿公幾次拿錢去給小惠的阿舅，他為了要我陪他一起去，對我說話時，特別溫柔細聲，回程還特地帶我去鎮上吃紅豆花生冰。現在想來，他可能不敢一個人面對小惠吧。國小高年級以後，我就不願意像小時候一樣跟著阿公。照片裡，小惠和我手中亂七八糟、纏繞著彼此毫不穩固的線，就是在那時候斷掉的。

14 沒著正：沒有把衣服穿正，意指衣衫不整。
15 灶下：廚房。

第二章

縫

我們有罪

小惠腳下穿的那雙小叮噹運動鞋，在我腦海走了一整天。我不時走到屋外張望，都只見到癲狗叔一人坐在外頭。

「妳這樣走來走去兩、三趟了，擔心妳癲狗叔嗎？」小玉姑姑沒等我回話，邊摺蓮花邊說：「老爸死前，還掛心他。眼睛半張，不肯閉上。誰弄都沒用，最後還是妳癲狗叔闔上的。以前，他最愛說：『全部細人就小的最聰明。』怎知後來會發癲？老爸嘴裡不說，心裡還是很自責。他問我：『偓去越南恁久，妳會怪偓無？』也不能全怪他，家裡需要錢。」

「賺恁多錢做麼个？錢又無分偓。」阿婆放下手上的紙花瓣，按摩著手掌。

「媽，老爸都躺在那裡了。妳少講兩句嘛！」小玉姑姑說。

「毋要講了。」阿婆從板凳上起身，走往樓梯，口裡念：「偓去準備稍早的牲儀，無你爸又要念偓。」

「偓等下上去。」小玉姑姑對阿婆喊，又看著我小聲說：「妳不要看她一副很堅強的樣子，其實最難過的就是她。」

我望著阿婆上樓的背影，有一瞬間，覺得阿婆忽然老了好幾歲，腳步緩慢且沉重。

「大家都怪老爸出去太多年，可是他也沒辦法呀。而且，那時候還在打越戰，那裡也很危險。老爸以前的日本師傅來我們家好幾次，想要說服他過去。老爸很猶豫，就問老族長。老族長以前在日本念過書，知道老爸要出國，在祖堂擺三張桌請客，說這是光宗耀祖的大事。老爸不去也不行了。我那時還小，大概只有七、八歲吧，只覺得老爸可以賺很多錢，以後就有自己的房子可以住。根本沒想到他一走就是十一年。」小玉姑姑的聲音有些哽咽。我抽起一張面紙，遞給小玉姑姑。

小玉姑姑擦去眼淚，說：「有時候，我覺得，現在老爸，又去越南，過一年、兩年，會回來。」她開始啜泣，漸漸地，矮桌上堆成一座面紙山。

小玉姑姑咳了咳，繼續低頭摺銀紙，說：「這幾天，我常想到，老爸出發那天，全家都去機場送機。只有大姊生病沒去，我穿了她的洋裝，她好幾天不跟我說話。」她嘆了一口氣：「我們都是小孩子嘛！什麼都要爭。早知道她活不了幾年，我什麼都讓她。」

「阿公出國那天一定很緊張後？」

「是啊！老爸還特地打領帶。」小玉姑姑說到這裡嘴角略微上揚，繼續說：「想一想，他這一生就打過三次領帶。第一次是跟老媽結婚的時候。第二次，就是要去西貢的這天。」話還沒說完，小玉姑姑又開始哽咽。

因為，第三次，就是現在。躺在棺木裡的阿公打上一條紅領帶，那是我用當編輯領到的第一份薪水，到百貨公司買的。我記得當時送給阿公，他先是大笑，然後說：「妳有看過阿公打內固帶[16]無？好啦，等妳結婚，倕打分妳看。」誰知道還沒等到我結婚，他就用上了。

「我們那時會寫信給他。妳癲狗叔才三歲，注音符號還不會拼，也說要寫信。結果在白紙上畫了一個圓形、一個正方形。問他是什麼？他說：『圓的係粄圓，方的係豆干，要留分阿爸轉來食。』大姊幫他在信上補充意思。老爸一看到信，就決定讓癲狗叔上幼稚園。我們五個小孩，只有他上過幼稚園。」小玉姑姑端詳手上剛摺好的蓮花，放在一邊的紙箱裡，起身對我說：「我上去看看妳阿婆。」

小玉姑姑上樓後，我走到外頭。發現癲狗叔正坐在塑膠椅上，專注地翻閱禮金簿。阿公過世的這幾天，他分外「正常」。親朋送白包，他主動簽收點香，按時更換供品。已經五十歲的他，身材越來越肥胖，不及兩公分的平頭上，白髮已經多過黑髮。即使如此，癲狗叔還是很像一個孩子。或許，在所有人心底，他一直是那個畫了方形和圓形的孩子，那麼神氣，那麼需要小心呵護。

16 內固帶：領帶。

他的狀態時好時壞，沒「發作」時，幾乎和平常人無異。至於什麼是「發作」，每段時期症狀不同。有段時間，他瘋狂飲水，每天至少喝下十二瓶特大罐礦泉水。也有陣子，他會對空氣喃喃自語。最麻煩的還是情緒不穩，除了大聲斥責別人，有時甚至還會動手。

他幾乎失去從前那些所謂的拜把兄弟，但也多了幾個新朋友。石頭叔說，生這種病的人，會發出我們看不見的頻率，如磁鐵般自然相吸。像隔壁街的醫生娘，吃過晚飯會靜靜坐在我們家的騎樓。身材肥滿的她穿著連身睡衣，臉上畫著大濃妝。小鎮裡的人謠傳她睡衣裡什麼都沒穿。聽說她從前是貌美如花的千金小姐，娘家幫丈夫開了牙醫診所，丈夫卻在外買房子養小三。

癲狗叔的另一個朋友，是他童年玩伴大志叔叔的哥哥，大家叫他阿空。出生時被判定輕度智能障礙，仰賴老父退伍金度日。癲狗叔生病後，大志叔叔很少再來。倒是阿空叔叔，幾乎天天都來。癲狗叔、阿空叔叔和醫生娘三人常一起坐在門口抽菸，彼此也沒交談，一支抽完再抽下一支。

現在已超過九點半，小惠沒來。她不會再來了。我看著漆黑一片的馬路，腦海又浮現那張合照。小惠和我，加上前方拿著相機的阿公，形成一個三角形。其中兩個角消失了，獨留我蹲坐原地。

阿公在遺照裡露出似笑非笑的表情，明天出殯後，遺照會供奉在二樓茶桌，像很久以前曾祖母離開時一樣。我仔細端詳照片裡的阿公，越看越覺得陌生。我是唯一被他親手帶大的孩子，在我認識他時，他已是固執的老人。我從不曾想過，在他變成老人以前的模樣。誰真的能了解誰呢？就像眼前的癲狗叔，皮膚黝黑，腳趾甲縫嵌滿黑垢，這是白天在外晃蕩的結果，沒人知道他究竟去了哪裡？做了什麼？也沒有人會主動多問一句。爸爸說：「反正不是失智，知道怎麼回家就好。」

癲狗叔通常在傍晚回家。他打開摺疊型躺椅，躺在上頭，閉起眼睛，只露出一絲細縫，瀏覽來往路人。躺椅旁疊放幾本書，《聖經》、《道德經》和《增廣賢文》，書籍側頁積了一層灰。癲狗叔聲稱讀過不下十次，卻不曾見他翻開過。

癲狗叔之所以變成現在這副模樣，每個人解讀都不相同。阿公阿婆說他是中邪，跑過幾間名廟，將求來的符咒貼在他的房門頂端。風來，寫滿毛蟲般歪扭黑字的黃符咒，便隨風揚起。那是房子改建後的第三年，塑膠白門板還沒發黃。癲狗叔把自己關在房間裡，夜裡打開收音機，把聲音調至最大。

「是誰~在敲打我窗？」蔡琴低沉嗓音敲打鄰居家的玻璃窗。阿婆就是這時候不再和阿公同寢，搬到我隔壁的爸爸房間。入睡前，阿婆會把房間和廚房之間的那扇門牢牢鎖緊，或者乾脆到房間來陪我。我坐在書桌前，無法讀書，只好看著課本發呆。坐在床邊的阿婆，有時看著我，有時看向不時震動的玻璃窗。也許我們都在想著一樣的事：癲狗叔的病什麼時候能好？

現在的我們不再想這件事。魔鬼將永遠附著癲狗叔的靈魂，直到他離開人世。直到，我們也離開人世。整整一年，癲狗叔不出房門半步。阿婆把菜飯放在門外，定時更換。從沒有人提到要帶癲狗叔看醫生。比起醫生，阿公寧願相信神佛。

某天，癲狗叔打開房門，說要去看醫生。他像從前一樣穿著乾淨衫褲，獨自到城裡最大的醫院掛精神科。精神分裂，躁鬱症，二十顆藥丸，中度殘障手冊。不管醫學上如何稱呼這病名，對阿公來說都一樣，神經病。

阿公完全無法接受，繼續求神拜佛，這間不靈換另一間，不時更換門上符咒。一個天氣晴朗的早晨，癲狗叔打開房門，把符咒撕碎，自天井處往下撒，大聲宣告：「醫生講佢發癲，你兜做麼个還毋相信？」紙片在陽光下閃閃發亮，飄落在我們的身上、地板上。在高處說話的癲狗叔，簡直像先知在告誡世人「你們有罪」。

癲狗叔病後，我們每個人，都覺得自己有罪。我們一定在無意間，推了癲狗叔一把，一步步把他逼向斷崖。否則，好端端的人怎麼就成了神經病？我出生的第二年，剛滿十八歲的癲狗叔，因媽媽的要求，在離婚協議書的證人欄上簽字。媽媽如願離開，爸爸不常回家。我的童年裡，除了阿公阿婆，最常面對的就是癲狗叔。非常後悔簽下那張協議書的他，覺得對我有教導的義務，規定我按時整理房間，寒暑假依計畫表操課，看穿我性格裡的瑕疵與弱點。他會因為我的一句話或一個行為大發雷霆，面對他時，我總是戰戰兢兢。那張薄薄的離婚協議書壓在癲狗叔的肩膀上，成為爸媽和我的罪。

只是，無論我們肩上的罪惡感有多沉重，都不及阿公肩上背負的吧。

「阿玲，」癲狗叔闔上禮金簿，看著我說：「我忘記跟妳說那天的事。」

「哪天？」我問。

「阿公走的那一天啊，妳阿姈[17]不是有打電話給妳？阿公有聽到妳的聲音，他是聽到妳的聲音後才走的。」癲狗叔說完就走到棺木邊，脫掉鞋子，躺在草蓆上，閉起眼睛。那裡，有另一個世界。

我說過，癲狗叔是最了解我的人，特別是性格裡最脆弱不堪的部分。只有他知道，表面上裝做無所謂的我，其實比誰都在乎沒見到阿公最後一面這件事。我來不及問清楚，他口中的「錢」是什麼意思？也或者，我一直知道他想說的話。他像從前一樣，怕

17 阿姈：客語海陸，稱呼嬸嬸。

我出門身上沒錢，問：「有帶錢無？」讓將死的他如此煩惱，我覺得自己真是最沒路用的人。

歪七扭八的心

有時候，東西不見了，怎麼找都找不到，反而放棄尋找的念頭，以為丟失的東西就出現眼前。阿公出殯後一星期，我收到一封信。信封上印著粉紅色花草圖案，傳來甜膩香水味，讓我想起國小時喜歡搜集的香水粒。此外，還夾雜一股如游絲般阿公的味道。因此，尚未拆開信封，我就猜到是小惠寄的信。

信封上字跡細小，不像出自一個三十多歲的人。小時候的我也曾著迷寫小字，買極細鋼珠筆，字只占方塊格子的四分之一。或倚靠一把尺，讓字貼著尺，像一排螞蟻。阿公看到會責備我：「寫分鬼看喔！」如今，阿公可真變成了鬼。

我拿信回房間小心拆開，信封開口處以透明膠帶纏一圈，邊緣被膠水黏死。裡頭摸起來有方塊狀扁薄硬物，拆開後發現那片狀物被衛生紙包裹起來，一層一層打開，掉出一張幻燈片。一股濃郁的髮油味就這麼竄入我的鼻腔，在拆開信封之前，這味道像是被封印般，封鎖在香水味的信紙裡。我把信封內外仔細檢查過，除了信封上的住址和幻燈片，小惠沒有留下任何隻字片語。

幻燈片是由兩片厚紙夾住深咖啡色的底片，底片長寬不及五公分。我走到梳妝台前，對著日光燈試圖看清楚幻燈片的畫面。畫面裡，是個穿著長衫的女人，身形纖瘦，臉微側，低頭看身邊的花。她被高矮不一的花盆環繞著，裡頭有的似菊花，有的像是九重葛。

如果幻燈機還在就好了。我記得，阿公曾在這間房裡播放幻燈片。那時堂弟妹都還沒出世，我是唯一的觀眾。我坐在床邊，看幻燈片投影到對面白牆。喀擦一聲，下一張。起初，覺得有趣，幾次後開始覺得無聊。後來，幻燈機和幻燈片不知道被阿公收去哪裡，也沒人在意。沒想到，小惠手上竟然有一張！也許不只一張。到底小惠手上還有什麼東西？知道多少與阿公有關的事？懷著種種疑問的我決定回信。

我很久沒有提筆寫信，拜電腦網路的便利，指頭敲敲打打，按下發送就能迅速傳到各處去。事實上，除了求職信，我也很久沒有寫信給一個朋友。如果，小惠算是我的朋友的話。我抗拒紙筆信，還有另一個原因，就是剛離家讀大學時，曾寫過一封家書報平安。字被阿公嫌得一無是處。當然，阿公是有理由嫌我的。連小學都沒畢業的他勤練毛筆字，字體抑揚頓挫，挺拔有力。家裡的紅白包向來都是由阿公題字。石頭叔不是讀書的料，但字大而正，彷彿紙上有隱形的方格。爸爸的字則是表面正正經經、漂漂亮亮，骨子裡流裡流氣。至於癲狗叔的字則是想撇到哪就到哪，想勾多高就勾多高。石頭叔說，癲狗叔的字像他人一樣懶散。即使如此，癲狗叔的字還是比我好看很多。

字如其人，我相信這說法。刻意模仿同學寫小字的時光，很快宣告放棄，回復我本來的字。不大不小，不夠正，也不至於太歪。阿公口中的「細人字」，說白點就是幼稚。小惠的字不僅小，還嚴重向左傾斜，有些字筆畫甚至有缺漏，譬如「縣」有三畫，只寫兩畫，一旁的「系」少了上頭那一撇。看著這些缺陷畢露的字，我心中浮起一座天秤，小惠和我分別在天秤兩端，在識字讀書這一項，天秤往我這端傾斜。憑著這一點沾沾自喜，對於提筆寫信給她這件事，我並不抗拒。

只是，我該怎麼稱呼小惠？如果是電子郵件，加個「Dear」無所謂，用紙筆寫字，「Dear」卻顯得過於親暱。光是開頭稱謂，我就琢磨半天時間，最終寫成這封信：

小惠：

妳好！謝謝妳的來信。

很抱歉，之前沒有認出妳，妳現在一切都好嗎？

這張幻燈片勾起我許多回憶，不知道妳能不能多告訴我一些和阿公有關的事？謝謝。

敬祝

平安順利

卉玲

寄出信後，我有事沒事和癲狗叔坐在騎樓，等郵差來到。收信，是癲狗叔日常「工作」之一，他會先分類，再分派給每個人。阿婆見我經常坐在騎樓，手裡握書，不時問我：「有班好上無？」「幾時做得去？」

「下個月。」即使我回答無數次，阿婆還是一副毫不相信的表情，無奈又憐惜地看著我，就像望著癲狗叔的眼神。我深刻體會，做個有病的人真不容易，光這些眼光就夠受的了。

我設下回信的時間，送信最多三天，加上小惠考慮後回信與寄送時間，最多兩個星期。兩個星期過去，三個星期過去，我沒有等到小惠的回信。我不想再坐著癡等，打算趁上班之前找到她。我對自己的積極感到意外，上次曾經這麼主動想做些什麼，不知道是多少年前的事了？

我循著信封上留下的地址，搭火車到富岡，憑事先印好的地圖，循路找到那條巷口。小惠的字太小，我分辨不出地址末尾的門牌號碼，究竟是3還是8？總之，最多有四種組合：33、38、88或83。一間一間找，一定可以找到，我安慰自己。

先遇見88號，長型的木門緊閉，窗戶玻璃有裂隙，自縫隙往內看一片空空蕩蕩，看起來很久沒有住人。我走往斜對角的83號，門口坐著一個老阿婆，我走上前詢問：「阿婆，這裡有沒有叫小惠的？」

老阿婆手持著搖扇，問：「妳講麼个？」我加大音量用客語再問一次。這次，老阿婆聽清楚了，再問：「小惠係妳麼个人？」

「朋友。」是我的誰？其實誰也不是。我只好勉強找一個相近的答案。

「小惠盡久無來，頭擺會跟佢姆來買糖食。」阿婆把扇子往前比至及腰的高度，她記憶裡的小惠還是個孩子。我這才發覺，這裡是間雜貨店，店裡玻璃糖果罐被一層厚厚的灰塵覆蓋，只能看得出裡頭大概的顏色。

「承蒙妳！」我朝下一家可能的地址走去。內心興奮又不安，那個手握糖果的嬌小女孩，好似伸出手就可以牽起她。

38號和前面兩間一樣，是普通的兩層樓民房。不同的是，大門不是連排的木門，而是鋁門。透過玻璃，客廳擺飾一覽無遺。窄小客廳中央有張沙發，沙發與大門之間有一坪大小的空間，靠牆處放著一架裁縫車，沿著大門邊堆滿大包小包的袋子，裡頭裝著布料和衣物。門鈴沒有發出聲響，我只好敲著門喊：「有人在家嗎？」一個女人穿過珠簾向我走來。她是個上了年紀的女人，頭髮燙成大波浪狀，像個安全帽般包圍她肥滿的臉。身上穿著碎花家居服，剪裁合身，令人忍不住多看幾眼。

「改衣服？」女人打開門問。

「不是。嗯，請問林惠住這裡嗎？」很少和陌生人說話的我，盡量注意自己的語氣和禮貌。

「找小惠！」女人露出驚訝的表情，就像從來不曾有朋友來拜訪過小惠。她上下打量我一番，大概覺得長得還算是正常，這才露出一絲親切說：「她還在樓上睡覺呢。昨天上夜班，早上才回來，還在補眠。」

「是我來得太突然，打擾妳們休息。這是一點心意。」我把手上在附近便利商店買的餅乾禮盒，遞到她手上。

當我準備離開，女人喚住我，說：「小惠通常五點會起來。妳方便的話，就晚一點再來。」我向她道謝。她闔上門，門縫傳來裁縫車卡答卡答運轉的聲響。

騎樓邊放著鞋櫃，邊上有掛勾，吊著一件深藍色的外套，胸口處印著白色「慶源」二字。這個名字讓我想起阿公那天異常的反應，電視機上那群人似乎就是穿著這件外套。小惠是慶源的員工？難道她也參與了那場抗議？

「怎麼了嗎？」女人見我遲遲不走，再次打開門。

「沒有，沒有。」我揮手離開。

走到街角，低頭看錶，已經超過三點，決定往回走到附近便利商店，五點再來一趟。這裡和我住的小鎮很相似，熱鬧繁華的地方只有火車站前的街道，離開主街大多是民房，頂多有間便利商店佇立街角。我走進便利商店，買份報紙，坐在靠窗的角落。從前，我的背包裡會放著一、兩本書，即使當編輯時工作忙碌，中間吃午飯的短暫休息時間，也會隨意翻幾頁書。辭去那份工作後，多年來，我始終沒有找到一份長期穩定的工作。我不再讀書，也很少看報紙，更不用說寫什麼東西。這麼久以來，我對文字重新燃起一點熱情，就是提筆寫信給小惠時。

我翻開報紙，掃掃標題。突然在左下角看到「慶源紡織廠員工　再度北上抗議」，標題下有張照片，抗議的員工大多戴著口罩與鴨舌帽，穿著深藍色制服。我仔細看那張照片，抗議的人手裡握著一塊白布，上頭寫著「有利老闆享　有難勞工當」，最左邊穿著黑裙的女人，似乎就是小惠。她沒有戴口罩，一雙黑白分明的大眼，嘴巴半張，應該是在喊著口號。

相較於既要上夜班，又要往返台北抗議的小惠，對生活毫無熱情的我，第一次對自己的狀態感到悲哀。我心中的天秤嚴重地傾斜著，對於見小惠一事，開始有些退卻。正當我猶豫著是否要回家時，一股熟悉的氣味朝我傳來。抬頭見到小惠穿著那件深藍色外套，站在我的面前。

「不好意思，我來不及回信，讓妳跑一趟。」小惠說。看起來剛睡醒的她，眼睛還有些浮腫。我驚訝的抬頭看她，不是因為她的咬字奇怪，而是她竟可以說話。

「妳會說話？」我問。話一出口才發現自己的無禮，接著說：「抱歉，我阿婆說，妳不會說話。」我像個犯錯的孩子，只好拿阿婆當擋箭牌。

小惠笑一笑，說：「沒關係。阿婆說的也不算錯。我晚點還有事，先帶妳去個地方。」

我不懂小惠的意思，但也沒再問，就跟在她的後頭走。身形纖瘦的她，步伐大且快，彷彿那雙小叮噹球鞋有加快功能般，一路奔馳。稍不注意，我就會落後一些，只能加快腳步趕上。我們穿過幾條巷子，越過一條大馬路，小惠終於停了下來。

「就是這裡。」小惠指著店門外的招牌說。這是一間冰果室，招牌上寫著「金銀島」三個突出的楷體金字。自動式玻璃門感應到我們的存在，「叮咚」一聲打開。進去左手邊是櫃台，靠牆的櫃子與吧台邊緣用廉價金蔥彩帶裝飾金、紅、綠三色，在這裡天天都是聖誕節。

在吧台裡埋首滑手機的老闆，聽見聲音抬起頭，他長得十分壯，圓臉上留著滿臉鬍子，看起來一副凶神惡煞的樣子。但一見到小惠，眼神立即變得溫柔，熱絡地喊：「是小惠呀！好久沒來，最近忙什麼？」小惠沒有回答，只是對著他笑。即使小惠沒有開口，她的眼神就好似已經回答了。

我注意到，店裡播放著 Joan Baez 的〈Diamonds and Rust〉，她用充滿磁性的嗓音唱著：

Ten years ago
I bought you some cufflinks
You brought me something
We both know what memories can bring
They bring diamonds and rust

我知道的英文歌曲不多，之所以對這首特別有印象，是因為小時候家裡還是牛排館時，經常播放這一首歌。小惠見我跟著哼，便說：「他呀！是 Joan Baez 的粉絲，我第一次來，他就放她的歌，那麼多年，還是只放她的歌。」

「好聽嘛！」高壯的老闆竟用撒嬌的語氣說話。

小惠不理他，將吧台上手寫 Menu 遞給我。這張 Menu 儘管曾護貝過，紙張邊緣還是有被水侵入渲染的痕跡。還好不影響上頭的字，寫著冰品、果汁和鐵板麵。小惠和我各點了一碗冰，就往裡走。天花板夾層和牆上都裝飾著金蔥彩帶，中間有個水族缸把冰果室隔成兩半，左右各有三張桌子，小惠選了左邊中間那張最靠近水族缸的桌子。

水族缸發出淺藍色的光，映照在小惠臉上，讓我想起電影裡出現的幫人占卜的女巫。女巫伸手在背包裡撈幾下，掏出一個紅色束口袋。束繩末端成鬚，袋子外頭有點髒汙。小惠打開袋子，倒出幾張幻燈片，說：「這些就是全部了。」幻燈片如塔羅牌般，在巫女手中，先對著水族箱光源確認畫面，在桌面排列。冰果室桌面全鋪著防水塑膠材質的桌布，開滿不規則大紅花。也許是店內昏暗的緣故，那些紅花時而放大，時而縮小。

「可以借我看看嗎？」我指著一邊的束口袋問。小惠把袋子遞給我，束袋是以紅色為底，上頭排列著菱形與斜紋。突兀的是右下角縫著小叮噹徽章，還有針線繡出的字「心」。我輕輕撫摸凸起來的心字，縫的人技術不太好，讓這字像出自初學寫字的孩子之手，歪七扭八。

「袋子是 Yaki 織的。這個『心』字，是 Yaya 縫上去的，她的漢人名字，高心美。」小惠指著布上的心字說。

「Yaki？Yaya？」

「我們 Tayal 稱阿婆 Yaki，媽媽 Yaya。」

「做裁縫的那個阿姨是妳的 Yaya？」我問。

「不是。她是 Yaya 的朋友，我現在的房東。Yaya 手藝不好，妳看她縫的就知道。操作大型機具可以，針線就不行。Yaya 以前說，Yaki 從小跟她講：『要學好織布，不然有誰要娶妳？』她不喜歡，離開山上，沒想到，到山下還是去織布，早知道就不走了。」小惠收起笑容：「被裁員後，Yaya 就生病了，被送去治療，我被送到 Mama 那，喔，Mama 是舅舅的意思，他也到山下工作，租屋離這裡不遠。兩年後，Yaya 回來，用 Yaki 留給她的布，縫這個給我。沒多久，她就不見了。不知道為什麼？Yaya 不見以後，我就會說話了。我還記得，一開始，我說的第一句話就是『我要找 Yaya』。」

我輕輕撫摸束袋上的織紋，問：「妳曾去過山上嗎？」

小惠輕輕一笑，說：「我曾跟 Yaya 回去過一次，在新竹五峰山上，一個叫十八兒的地方。Yaya 說從前從前那裡有個女人，生了十八個孩子。我們走了好長的路，經過一片竹林，才到那裡。那是一間平房，門開著，Yaya 說 Yaki 在整經線，不要吵她。我看見一個木板上插著四、五根竹筒，白色的、紅色的線在上面繞來繞去。等到 Yaki 把線繞完，Yaya 才帶我進去，我的手指都凍僵了。Yaki 一見到我，就緊緊抱住我。整個晚上，Yaki 都在織布，整間房子都是木頭敲擊木頭的聲音。我們隔天離開山上，一個月後，Yaki 就死了，身上穿著那天織的布。沒過多久，Yaya 生病，就沒再回去了。」

「嗯。」我把束袋用雙手遞還給小惠。

小惠接過束袋，問：「妳聽過『下腳品』嗎？」

「沒有。」我搖頭。

「在紡織廠，不要的東西叫『下腳品』。Yaya 常說，她是下腳品，沒人要。可是，不是這樣。」小惠再次撫摸束口袋，說：「在我心中，Yaya 像這塊布一樣美麗。」她說的句子都不長，說完一段會停頓一下，確定我都懂，再繼續往下說。「有一天，我放學回來，發現她不見了，沒人知道她去哪裡。幾年前，舅舅在工地受傷，回去山上。我留下來，跟阿姨租房。怕 Yaya 回來，找不到我。」小惠此時說話的眼神，就像我們合照上，她望著鏡頭另一側的眼睛。那裡站著的一定就是她的 Yaya。

「妳喜歡小叮噹？」我試圖換點輕鬆的話題。

「一開始是 Yaya 喜歡。小時候，浴室的架子、馬桶上，全部都是小叮噹漫畫。」她邊說邊笑，兩隻手誇張地向外伸，以表示數量眾多。我喜歡看她笑，像個孩子。一旦沒了笑容，就像藏了無數心事。

「難得帶朋友來。」老闆把兩碗冰放在我們前面，小心避開幻燈片與袋子。理大平頭、肚子微凸的老闆，越看越像小叮噹裡的技安，聲音也如技安般既充滿粗粒又大聲。小惠對他笑了笑，技安比出ＯＫ的手勢，哼著歌轉身走回吧台。眼前兩座截然不同的冰山，小惠是紅豆花生，我的是麥片布丁，上面都覆滿稠膩的煉乳，發出晶瑩的色澤，真如埋藏寶藏的金銀島。

「快吃吧，這裡的冰很好吃喔。」小惠挖一口冰往嘴送。

「我阿公，也很愛吃紅豆花生冰。」我指著小惠面前的冰說。小鎮火車站前也有間冰果室。我老是當跑腿去買冰，阿公是紅豆花生煉乳，石頭叔吃清冰，癲狗叔只要有粉圓，其他什麼都行。至於阿婆，都說只吃幾口，分我們的就好。那些冰扎實地壓在保麗龍碗裡，疊放在紅白塑膠袋中。我半提半抱買回家，大家坐在騎樓的矮凳上吃。

「一定要加煉乳。」小惠挖滿一勺冰往嘴裡送，一副滿足的模樣。「其實，一開始，是阿福帶我來的。」小惠說阿福兩個字時，刻意放慢語調。

阿公的全名叫陳有福，我不曾聽過有人喊他「阿福」，因為「福」是族譜輩分，在宗族聚居的小鎮裡，有太多「陳某福」或「陳福某」。如果喊「阿福」，不知道有多少人會回頭答有。曾祖母叫阿公「大憨」，阿公排行老大，有些愣頭愣腦。阿婆喊阿公「阿有」，取他名字中間的字，阿公同輩的朋友也這麼喊他。至於小阿公一點歲數的，譬如少數幾個阿公仍有往來的同事，因為晚阿公幾年入行，受過阿公照顧，則是恭恭敬敬稱呼阿公

「有福哥」。我從沒聽過有人喊他「阿福」，況且是和我年齡差不多的晚輩。這稱呼讓我想起小叮噹裡，頭髮斜吹、老跟在技安身邊的阿福。

「Yaya 生病後，阿福每隔半年，會來看我一次。一開始，還見過妳。」小惠說著塞一口冰放入嘴裡。

我發現，小惠有個口頭禪「一開始」，我猜，這是因為她把事情發生的經過都牢記在心底的緣故。不像我，對於過去大多只存留模糊的印象。印象裡，那時阿公剛退休，常騎摩托車載我往外跑。但去了哪裡，見到什麼人，我都忘了。只記得坐在摩托車後，他的味道隨風送入我的鼻腔，弄得我昏昏欲睡。

「妳和阿公，就是阿福，還保持聯絡嗎？」我問。

「一開始，是的。直到國中畢業。」

「後來……為什麼沒再聯繫？」隱約知道答案的我，問得吞吞吐吐。

「他最後一次來，告訴我，工廠發生的事。他說，如果他早一點，告訴 Yaya 工廠要裁員，也許，Yaya……。」小惠抿著嘴笑，看起來有些勉強：「那時的我，不能原諒阿福。」小惠低頭，雙手緊握束口袋，說：「他過世的事，是 Mama 告訴我的。我才知道，阿福一直默默關心我。就像這些幻燈片，明明是他很重要的寶貝，他知道我喜歡，還是送給了我。前陣子去你家，看到他的遺照，我才發現我不恨他。一開始就不恨。畢竟，他是我唯一的，唯一的朋友。」

「妳來了三次，都沒有說話。」

她看著我的眼睛，說：「我常常這樣，可能是小時候的毛病。還有，我想知道，妳會不會想起我是誰？」

我的臉瞬間又熱又紅，內心充滿愧疚。

「沒關係，都過去那麼久了，也沒再聯絡，不記得才正常。」

「那麼，幻燈片呢？為什麼寄給我？」

「我不知道。也許，一開始是想喚起妳的記憶。也許，是報復。」小惠說完自己笑了兩聲。

「報復？指的是上面那個女人嗎？」我不解地問。

「看起來，我的報復不成功。」小惠輕笑了一聲，露出右側的小虎牙，說：「我沒想過，妳會回信。更沒想到，妳會來找我。我真的很高興，妳來找我。像以前的阿福。」我自己也沒想到會來找小惠，原來是像阿公啊，我不好意思笑了笑。小惠看我苦笑，接著說：「他每來一次，就帶一張幻燈片。這裡有十張，加上寄給妳的，總共十一張。」小惠伸出兩隻手的食指，明確說明數量。「他要我拿幻燈片，對著水族箱裡的光，往裡頭看。可以看見另一個世界。妳要不要試試？」

我隨手抽出一張，對著水族箱望去。那張幻燈片裡有輛載滿人的小型公車，有人擠在門邊上站著。那輛車占據畫面四分之三，剩下場景是來往人群，以及水族箱裡不時游過的魚群。幻燈片裡遙遠時空前的車與人，重疊水族箱裡的游魚，彼此相遇、分開又撞上。

「有趣吧！」小惠說。我把幻燈片放下，點點頭。

「我一開始想把這些幻燈片全部寄給妳，但我不確定，妳需要？或者，想要？」她說完以後，低頭看著幻燈片，有點捨不得。

「那是他給妳的，就是妳的。」我實在不忍心剝奪任何小惠擁有的東西。

「嗯。但我覺得，阿福一開始把這些東西交給我時，就是想著，有一天，我們遇見，我可以把這些交還給妳。」小惠看著我，眼神堅定。

「交還給我？」

「是的。對阿福而言，我只是一個樹洞。」小惠故意坐正，把身體打直，像一棵筆直的樹。

「樹洞？」

「有些祕密，不知道跟誰說，就會找樹洞，把所有故事，告訴它。」小惠吃了一口冰，抬頭看著我說：「我就是，那個樹洞。」

遇見小惠以前，我以為自己是聽阿公說最多話的人。由於工作的緣故，阿公一直在外地。尤其在西貢十一年，一年只能回家七天。等到從西貢回來，孩子們都比他還高。相較之下，我算是阿公第一個親身帶過的孩子。他幫我洗澡、教我拿筷子，學習認識時鐘。我不聽話的時候，他拿竹條揍我。乾枯竹枝打在身上十分刺痛，用力一點，身上會留下幾處細細淺淺的傷口。幾天後，傷痕就會消失不見。那些傷口不時出現在我身上，像從來沒有真正好過。我不知道自己是幸還是不幸，別人的阿公對孫子孫女百般疼愛。但阿公對我，卻像對第一個孩子般嚴格。

朝夕相處的日子裡，他對我說了不少話，但我記得的不多。就如「西貢」這個地名，我從來沒有仔細想過它在哪裡？彷彿是故事裡才存在的地方。阿公當時為何要到那裡去？我也一無所知。如今世界地圖不再出現這個名字。就像小惠的 **Yaya**，有一天消失了。只剩小惠記得，還有，那個束口袋上歪歪斜斜的「心」，證明此曾在。

第三章

染

「我決定了，給妳一半。」小惠伸出右手食指，指著排列好的幻燈片，抬起頭對著我說：「妳抽五張。」我這才發現小惠的食指和一般人不同，第二節指頭的關節處有塊明顯的傷疤，指頭略向拇指彎曲。她的指頭纖細，指節粗厚，像一棵樹。而那隻斜向一側的食指，是叉出的枝椏。這是一雙時常搬動重物的手，我想像，她如何動用全身的力氣，將重物舉起放下。

小惠見我盯著她的手看，便說：「之前工作受傷的，斷了又接上。但是也沒辦法像原來的一樣。我去抗爭，算是為了這根指頭吧。」小惠再次露出那顆小虎牙笑著，指著我眼前的幻燈片，示意我快抽。

我低下頭看著幻燈片，試圖不去想指頭斷掉時血淋淋的畫面。我把手伸出來，這是一根從沒受過什麼大傷的手指，在幻燈片上游移幾回，遲遲無法做出選擇。明明是成定局阿公的人生，卻好像在抉擇我自己的人生。應該說，在抉擇自己的人生時，我都不曾感到如此緊張。好不容易選出五張幻燈片，把它們挪往我的方向，忍不住問：「為什麼只能抽五張？」

小惠慢慢地把沒被選中的幻燈片堆疊整齊，放入束口袋，說：「我覺得，他有時想告訴你們，有時又不想。所以，就告訴妳一半。哪一半，妳決定。」小惠的聲音低沉且平靜，溫柔地將幻燈片及我的疑問，一併鎖入束口袋中。這是缺片的拼圖遊戲，我得從得到的一半裡拼出全貌。

「喔，這一張，我最喜歡的。也是他給我的第一張幻燈片。」小惠拿起一張幻燈片，對著水族箱的光源，讓我能看清楚裡頭的樣子。無數架紡織機，擠在同一個廠房裡，機架上纏繞整齊的絲線與織布。「他見我喜歡，每次來都帶一張給我。」小惠一面說一面把它遞給我，我看見照片最前方的紡織機後面，還有一台紡織機，向看不見的盡頭無限延伸，沒有止境。

幻燈片不會動，也沒有聲音，但不知怎麼，我彷彿聽見無數台紡織機運作的巨大聲響。那些聲音打在身上，仿若每個細胞都在經線與緯線間來回穿梭、震盪。我喃喃地說：「紡織機的聲音好大。」

「妳還記得吧？聲音很大，所以得用眼睛『聽』。不騙妳喔，我聽得到，線斷掉的聲音。哪裡斷了，我立刻把它接起來。」小惠的食指與拇指挪動著，上面有一條我看不見的線，正在打成一個結。「這樣就接好了。」她看著那條隱形的線說。

我假裝把那根線拿起來，往左右拉扯：「接得很好。」

小惠兩手托腮微微笑著，用一雙黑白分明的大眼望著我，說：「妳這個樣子和阿福好像，很會逗人笑。」

「真的嗎？」我從沒見過阿公逗人笑的樣子，他的臉總是很嚴肅。事實上，我也沒有什麼幽默感，更別說逗人笑了，但是在小惠面前，我有了另一種樣子。我從前不知道的樣子。

「嗯，那妳知道，阿福是他們工廠最強的師傅嗎？大家叫他『老師仔』。最強的，才能到西貢。」小惠刻意強調「最強」兩個字，似乎怕我不知道，自己的阿公有多厲害。小惠的話讓我想起從前阿公幫我洗頭時，那雙毫不溫柔的大手粗掌，搓揉著我的頭髮。

「被他修過的紡織機還真可憐。」我指著自己的頭說。

「妳是身在福中，不知福。」小惠說。我愣了幾秒，才明白小惠口中的「福」是什麼。

「妳一直在紡織廠工作嗎？」

「其實，我的第一份工作在檳榔攤。國中剛畢業，我認識一個男生。他帶我回他家，在新竹市的北大路上。他家前面有檳榔攤，我在那裡賣檳榔。有一天，我在街上遇見妳。」

「遇見我？」我瞪大眼睛，心裡有說不出的驚訝。

「嗯。我還記得，妳身上穿著新竹女中的白衣黑裙，揹著書包。我很確定是妳。本來想跟妳打聲招呼，後來想一想，還是算了。妳應該忘記我了。」小惠轉頭看向水族箱。

我不知道能說什麼，因為，正如小惠說的，我不記得她了。

「遇見妳後沒多久，我就離開那男生。應徵上一間紡織廠，那間紡織廠就是慶源，最近常上新聞。」小惠無奈地笑了笑：「它是大工廠，我一開始想做到退休。現在不可能，老闆關廠，移到海外，用更便宜的勞工。現在這間，臨時找的，是小工廠，沒錢買新機器，沒辦法去海外。為了省錢，白天不請員工，晚上運轉。員工大部分是非法外勞，還有外配。或者，就是像我這樣臨時沒了工作的人。」

「在紡織廠工作很辛苦吧！」

「有時候我覺得，對老闆來說，我和其他人，只是會動的紡織機。老了、壞了，就該淘汰。」小惠故意把雙手放在臉頰兩側往下來，裝成老態的樣子。

「妳一點都不老。」我認真看著小惠說。眼前的小惠，看起來就像大學剛畢業的女孩。「沒考慮換工作？」

「說實話，做習慣了，要換工作，也不知道可以幹嘛？還有，不知道為什麼，看著紡織機，覺得好像 **Yaya** 在身邊。也許，看久了，做久了，有感情。」她一面說，一面用手指輕撫幻燈片上的紡織機，但沒有直接觸碰到底片。接著，又將幻燈片遞給我說：「其實，也不是所有紡織廠都很差啦！像我也聽過嫁到南部的同事，在一間福利還不錯的紡織廠工作，做機能運動服的，技術性比較高，在台灣算是少數還撐得下去的紡織敞。她有叫我到他們那裡做，但是，去了南部，Yaya 怎麼找我？」她拿起湯匙在冰上鑿了一個洞：「我是為了等 Yaya。阿福跟我不一樣，他對紡織是有夢想的。」說完，舀起一大匙冰放入口中。

「夢想」是什麼呢？像阿公，或者像我這樣的人，有資格談這兩個字嗎？

小惠見我盯著她，指著我的冰，用眼神催促我快吃。小惠的話比我多，吃冰的速度也比我快。如果吃冰可以預測性格，小惠是戰鬥力百分之百的人，直面快速融化的冰山，一匙匙將它吃盡。知道冰山終化為水的我乾脆放棄，大不了最後喝冰糖水。這樣勇往直前的小惠就能夠擁有那兩個字嗎？

我挖起一匙冰含在嘴裡，等它被口腔的溫熱融化，問：「妳說的夢想是什麼意思？」

「阿福在越南，努力過。他和幾個同事，打算合開工廠。機器買好了，戰爭就來了。還好，人是回來了。」小惠說，「他沒放棄做頭家的夢想。阿福告訴我，他和 Yaya 工作的工廠，和北部一間大廠搶美國人的訂單。人家大廠是新機器，可以織出美國人要的布。老董事長答應阿福，如果讓舊機器織出那款布，搶走那筆生意，就給阿福公司的股份。」

「然後呢？」我問。

「機器改好了，訂單搶到了。不過，老董事長卻生病，不久死了。他兒子，新董事長不認，乾脆把阿福辭退。」小惠說。聽起來，小惠口中的阿福，我的阿公，簡直像個戰無不克的大將軍。但將軍不是皇帝，領千萬兵卒奮戰來的疆土，終究是別人的。從前的我不能理解，阿公為何一再把養老的積蓄給爸爸，任他一再失敗。原來，他是把自己的頭家夢，寄託在爸爸身上。結果，爸爸只願意當老闆，阿公則永遠是員工，在工廠是，在家也是。

小惠拿起另一張幻燈片，揉一揉眼睛，對著燈光確認，說：「這張，應該是宿舍。」走進金銀島開始，她第三次揉眼，眼白處泛起紅色血絲。

「眼睛還好嗎？」我問。

「還好。可能晚上工作，廠燈不夠亮。」小惠說完閉上眼睛，幾秒後張開，笑著說：「真是的，靠這行吃飯，如果眼睛壞掉，就完蛋了。」雖然她一派輕鬆，但這也不是不可能，我擔心地望著她的眼睛。

「沒事的。」小惠把幻燈片拿給我。

對著水族箱的燈光，我看見幻燈片中央是一整列的盆栽，大約有六、七盆，我只能分辨出最前面的那一盆是菊花。盆栽後面是細鐵架搭的單人床，床上掛著幾件衣服，阿公側身坐在床邊，身穿白襯衫、西裝褲，低頭看著相機。左邊隱約可見另一張單人床，一張大桌與幾張椅子。地面鋪著連續圖案的花磚，占據整張幻燈片的一半。

「好空啊。」我說。畢竟長期生活在那裡，宿舍擺置也太過簡單。

「他們都是賭徒嘛！一開始，全賭美國會贏，但其實心裡也怕，如果越共打到西貢，就得馬上逃。所以東西不多，夠生活就好。只是，怕歸怕，待久膽子就大起來，賭注也越大。」小惠說，「其實，戰爭不過就是一盤賭局。」

「戰爭是賭局。」我重複一遍小惠的話，雖然知道阿公在越戰時期在越南工作，但是只在電視或電影裡見過戰爭的我，一直覺得戰爭這件事離我非常遙遠。我用湯匙攪動冰水，尋找未融化的冰，想說些什麼卻只能沉默地聽，音響傳來 Joan Baez 翻唱的〈Where Have All the Flowers Gone?〉：

Where have all the young girls gone?
Long time passing.
Where have all the young girls gone?
Long time ago.
Where have all the young girls gone?
Gone to young men, every one.
When will they ever learn?

When will they ever learn?
Where have all the young men gone?
Long time passing.
Where have all the young men gone?
Long time ago.
Where have all the young men gone?
Gone to soldiers, every one.
When will they ever learn?
When will they ever learn?

如果硬要說越戰和我有什麼關聯，對我來說，可能就是家裡也曾播放過這首歌曲。差不多是一九八〇年代的尾聲，大家都說台灣經濟正好，但是我家經營的牛排館生意卻逐漸走下坡。就算沒有客人，歌還是照樣播放，我一個人坐在旋轉椅上，趴在吧台邊聽歌。我還記得，當時聽到的是一個男人滄桑的聲音。還聽不懂英文歌詞的我把它當成情歌，直到很久以後才知道，它還是首反戰歌曲。唱的是當時年輕的男男女女，因為戰爭被迫分開的故事。

「在想什麼？」小惠盯著發呆的我問，「寄給妳的那張，有帶來嗎？」我拿出幻燈片交給小惠，她把它和另一張放在一起，說：「注意喔，這兩個是不同的女人。」我一手捏著一張幻燈片，對著水族箱的光，仔細比對照片裡的人。右手上的是先前寄的那張，長直髮女人穿著貼身衣裙，站在花叢裡，低眉賞花。左手上的那張是個短鬈髮女人，身穿條紋衫，斜靠塗滿廣告的牆面，一隻手握提包放在眼睛前，似在遮蔽迎面而來的陽光。兩張幻燈片唯一相似的地方，就是兩個女人的臉都看不清楚。

「其中一個，」小惠說：「是阿福的女朋友。」

「什麼女朋友？」她的語氣不像在開玩笑，但我不敢相信自己的耳朵。

「妳不相信吧？我記得，一開始他把這張幻燈片拿給我時，眼睛都紅了。我問了好久，他才告訴我女朋友的事。」

「他會不會只是跟妳開玩笑？」我還是無法相信。

小惠翹起嘴，用黑白分明的大眼盯著我說：「他們一起去的幾個台灣人，每個人在西貢都有女朋友喔。妳想想，十一年欸，每年只有七天可以回台灣。有女朋友，很正常啊。」在別人身上也許正常，在阿公身上可就一點也不。無論問爸爸、石頭叔、癲狗叔或小玉姑姑，絕不會有人相信，阿公有過別的女人。

「這不可能。我阿公連到路口吃碗麵都不好意思。」我反駁道。這句話是從爸爸他們那裡聽來的，每當有人開玩笑：「說不定你爸在越南還留個種。」他們就會回說：「不可能，他連出門吃碗麵都不敢。」

「有時是太熟悉，讓我們只願意露出對方熟悉的樣子。所以我一開始就說，我是樹洞。」小惠說著，把殘餘的紅豆花生打撈起來，送入口中。小惠口中的阿福，和我長久以來認識的「阿有」，簡直是截然不同的兩個人。阿福對新事物充滿熱情、勇往直前，而「阿有」卻膽小、害羞，不要說女朋友，連平時往來的朋友都沒幾個。阿公究竟是什麼樣的人？我越來越不確定答案。我決定暫時不跟小惠討論女朋友這件事，打算回家後親自問阿婆。

「這一張。」小惠指著下一張，說：「阿福最喜歡看電影。」幻燈片裡，阿公捧著椰子，站在戲院門口。

正當我想對小惠說：「不可能的。他從來沒有看過電影。」但是他人站在電影院前，不是看電影，是做什麼呢？我印象裡的阿公，不但不喜歡看電影，甚至也不喜歡我們去看。他說電影院是最髒的地方，細菌在裡頭傳來傳去。小玉姑姑每次都是背著阿公，偷偷摸摸帶我去南美戲院看電影。戲院離我們家只有三條街的距離，我們在那裡看成龍主演的《城市獵人》、郝劭文的《烏龍院》，還有舶來品《忍者龜》，印象最深刻的是，電影放映前會先播一遍國歌。

現在南美戲院早就關門了，但阿婆只要經過那棟大樓，還是會提一遍這件事：「妳阿公該時正從越南轉來，分到一間紅毛泥屋，底背麼个就無。妳叔公逐日[18]賭，結果分到兩間屋。妳阿公還盲[19]尋到頭路，堵好[20]南美戲院正要起，佢就逐日來煮飯分工人食，賺點錢分細人食飯讀書。」阿婆說久了，讓我以為這間戲院是她蓋起來的。現在想起來，阿公不喜歡戲院，說不定不是因為不愛看電影，而是害怕想起剛從越南回台灣時的情景。

「我也喜歡看電影。坐在電影院裡，可以和外面世界分開。妳想，西貢和台灣，對阿福來說，是不是兩個世界？」

「也許吧。」我望向水族箱，裡頭的魚來回游著，並未因為小惠和我受到影響。對魚而言，沒有水的地方就是另一個世界吧。

「拍照，也是這樣。明明拍的是現實世界，但只停留在某一刻。那一刻，從此成為

18 逐日：每天。
19 還盲：還未。
20 堵好：正好。

另一個世界。」小惠指著最後一張幻燈片，說：「阿福跟美國兵買二手相機，四處拍，還學沖洗、製作幻燈片。」

下一張幻燈片，右半邊是從車內探出頭來的阿公的側臉，舉起相機向外拍攝，車子前方還有幾扇窗，從車子的形狀判斷，應該是輛公車。幻燈片的左半邊，花盆擺滿街道，不少行人在其中。看樣子，拍攝者是從他後面的座位，把相機拿到窗外，留下阿公拍照的模樣。

「這照片是誰拍的？」我問。

「這個問題，妳得自己找答案。」小惠眨著眼對我說，接著看向左腕上的手錶：「不好意思，我要先走了。」說完便跑去吧台拿來兩張名片、一支筆，她在其中一張名片上寫下她的手機號碼，我也寫下自己的手機號碼遞給她。小惠接過後把它放進束口袋內，我知道，小惠把我當成一個重要的朋友。

「有什麼事，就來找我。」小惠一面說，一面緊握我的手。這個畫面我在腦海裡演練過無數次，不過，預演時，主動握住對方雙手、說出這句話的是我。

我陪小惠走到店門口，打算把這兩碗冰的錢付了。老闆對我說：「不用，小惠剛結過了！」我老是比小惠晚一步，晚一步伸出手，晚一步付帳，一步加上一步，最終遠遠落在小惠後頭。

小惠打開門，朝我揮手，她腳上的小叮噹似乎也朝著我說再見。有一瞬間，我覺得小惠和小叮噹走進了任意門，到另一個時空去，可能是挽救過去的遺憾，或者提前出發到不可預知的未來。

獨自坐在冰果室的我，怔怔望著前方空蕩蕩的座位，喝著冰水，用湯匙撈取剩餘的佐料。我想起合照背後，阿公用簽字筆寫下我們的名字「林惠與卉玲」。兩人名字如果顛倒來讀，多麼相似，卻字字不同。比起膽小、無用的我，小惠更像年輕時的阿公。

新的舊了

回到家，我拿出幻燈片，對著書桌上的日光燈再看一遍。深咖啡色的底片裡，除了深淺與輪廓外，有些還夾雜黃色與紅色等鮮豔色彩。不知道當它們投影到牆上會是什麼模樣？好想看看！我記得，有台幻燈機有圓盤狀立體軌道，乘著它，可以重新經歷過往風景。

阿公究竟把幻燈機藏去哪裡了？

儘管不知從何找起，但我相信幻燈機仍在這個房間裡。正當我如此想時，便聞到一股濃郁的阿公氣味，似是從書桌上的展櫃傳來。我踩著椅子，踮起腳看向書桌上方的展櫃。這張「書桌」原來是阿婆的梳妝台，當初為了裝潢爸媽的新房，一併改裝這個房間，這層櫃子的另一面就是爸爸房間的衣櫃。

展櫃主要是不想浪費空間而做的設計，但因為位置太高，大多放不常使用的裝飾品。譬如最下層是一瓶橫躺在迷你拖車上的烈酒，和一尊短鬈髮少女托腮看書的半身塑像。少女塑像是小姑婆的，她出嫁前住過這間房間。她是阿公的么妹，只比爸爸大六歲。阿婆說她剛嫁來時，還得幫「細人小姑」洗身。這尊塑像是戀慕小姑婆的男同學送的，後來，小姑婆和農會的同事結婚，並未把它帶走。我高中時，小姑婆曾回房間看過一次，看了看那尊塑像後就離開。曾祖母過世以後，小姑婆便很少再來。特別是發生那件事之後。

那年初二，小姑婆手款兩盒禮物，一盒先送到對面屘叔公家，一盒拿來我們家。她經過騎樓時，癲狗叔翹著二郎腿，倚在躺椅上，冷冷地說：「妳要還的毋只這兜。偃講麼个，妳自家清楚。」當時我正在吧台裡煮茶，沒聽見小姑婆回話，只見她逕自往屋裡走。我向她問好，她對我笑了笑就走入客廳。我端著一杯熱茶，打算拿到屋內給小姑婆。正要推開紗門時，癲狗叔拉住我的手，說：「斟[21]麼个茶？佢毋還錢就走。」他的嘴角有殘留檳榔汁，滿嘴紅通通，像張牙舞爪的年獸，讓人感到害怕。

本來在屋內跟小姑婆聊天的石頭叔推開紗門，皺著眉頭說：「你講該麼个話！」

「大過年，吵麼个！」阿公從二樓走下來。

「佢看毋起你。」癲狗叔手指小姑婆，大聲吼。

「惦惦。」阿公咬牙擠出這兩個字。

「你對佢好，拿錢分佢讀書、做嫁妝，結果勒？佢食飯毋想和你共桌，佢看你毋起，你知無？」癲狗叔繼續說。

「惦惦！」阿公再說了一次，並深吸一口氣，模樣像一頭受傷的野獸。

我待在門邊不敢動彈，看見小姑婆一步步往後退至門外，快步離開。她沒有反駁，也不再來。

直到阿公臥床，小姑婆才再次走進這房子。她站在病床旁，摸著阿公的額頭，不能說話的阿公流下眼淚。小姑婆拿面紙替他擦淚，自己也哭了，把眼鏡取下拭淚。站在一旁的我第一次發現，原來小姑婆和那尊塑像確實有幾分相似。

21 斟：添加；斟茶：倒茶。

塑像的位置過高，平時遠看不覺得髒，如今近看才發現它被灰塵均勻包裹。我小心翼翼把它取下，打算把它擦乾淨後再放回原位。阿公的氣味不在塑像上，而在更高的那一層。我只好踩上桌面，兩手攀著櫃子，顧不得櫃子上的厚灰，一手緊抓下層櫃子，一手往更上方尋索。在櫃子右後方摸到一條長繩，拉出後發現是四方形的皮套。

我簡單擦拭皮套。從形狀看來，它不是幻燈機，而是阿公當時用來拍照的相機。我把相機自皮套裡取出，鏡頭旁寫著英文 YASHICA，閃光燈前方寫著 ELECTRO 35。我上網搜尋它的型號，發現它是一個日本的牌子，號稱「窮人蔡司」。即使如此，在一九六〇年代的台灣，它還是奢侈品。我記得，石頭叔曾帶著嫉妒說：「妳爸從小就被妳阿公寵壞了。以前，妳阿公跟美國大兵買二手相機，五個孩子，就給妳爸。全國小，只有妳爸有相機。」我可以想像，個性像隻孔雀的爸爸脖掛相機，神氣地走在校園裡。

不知道當年那個美國士兵看見了什麼？不知道阿公其他的幻燈片拍下什麼？我舉起相機，將眼睛對著觀景窗，轉動鏡頭，眼前只有我的房間。可能是四周有框，那些不明顯的細節變得清楚起來。房門轉角處有一座掛衣的立架，像一株沒有樹葉的樹，阿公從前一下班，會先把軍綠夾克掛在上頭。無論寒暑，他只有那件軍綠外套，頂多寒流來時，會把報紙塞入外套和衣服之間的夾層。還有，連結房門的邊角，上頭有幾條刻痕。

兒時的我背靠牆面，阿公用他隨身攜帶的瑞士刀，一刀一刀留下我的身高紀錄。我記得，這裡發生的每一件事。

取下相機後，櫃子上方的氣味減損許多。我知道，幻燈機不在櫃子上。我看向四周，除了書桌和展櫃，最可能藏匿東西的，就是一旁的衣櫃。我將椅子挪到衣櫃前，踩著它打開衣櫃最上層。只見一隻大蜘蛛懸掛在上頭，我忍不住大聲尖叫，連忙關上衣櫃。幾分鐘後，終於鼓起勇氣，瞇著眼把衣櫃打開。那隻蜘蛛沒有被我嚇跑，動也不動，全身緊縮，應該是死掉一段時間了。雖然死了，但掛在那裡還是挺嚇人的，我找來一條抹布包裹牠的屍體，連著布一併丟到垃圾桶裡，繼續尋找幻燈機。

衣櫃最裡頭有一團橘色蚊帳，蚊帳邊是爸媽的結婚照，阿婆有次拿下來給我看過，那是她偷偷從爸爸丟掉的東西裡撿回來的。我把手伸進蚊帳與結婚照之間尋找，摸到一個軟綿綿的東西，拿出來一看，是小時候偷偷和媽媽見面時，她送給我的綿羊玩偶。媽媽改嫁後，我把玩偶放進櫃子，印象裡的純白短毛如今已是骯髒的灰色。

衣櫃上方看來是沒有我要找的東西，我失望地從椅子上跳下，同時間，阿公的味道從衣櫃下方抽屜竄出來，那裡放著幾乎不再穿的舊衣。打開下層衣櫃，高中時寫的「十九歲離家」的紙張還貼在上頭，我不敢面對它，低頭拉開抽屜，先是聞到樟腦丸的氣味，再是阿公的味道從衣物堆裡傳來。我把衣服翻開，竟找到和小惠合照上，我身上穿的那件黃黑交織的格子洋裝，它和同款布料做成的阿婆的長裙放在一起。這兩套「祖孫裝」是阿婆最好的朋友阿桃姨婆做的，阿桃姨婆死了以後，阿婆就沒有再訂做衣服，只到市場買一件一百的衣服來穿。阿婆說，這種便宜衫穿壞就丟，不會傷心。我還找到一件紅白交錯的條紋襯衫，看那尺寸，應該是阿婆年輕時的衣服。

在舊衣的最下方，有一本泛黃的手冊，以及一本綠皮的資料夾。那些東西是阿公從工廠帶回的，早已用不到，卻一直擺在這裡。不僅是它們，我們家的每個角落都留著這類早該清除的東西，新的疊上舊的，直到新的也舊了。根本難以判斷什麼是有用，什麼是無用，使得家裡處處陳舊雜亂。生性愛乾淨的癲狗嬸剛嫁來時，最看不慣這一點，曾一度趁阿公不在時丟了一些東西，包括他練習毛筆字用過的一大疊報紙。阿公發現後非常生氣，獨自坐在客廳整天不說話。此後，癲狗嬸不再丟棄家中雜物，但在房門外放個大衣櫃，如一座界碑。界碑以外的，癲狗嬸再也不管，任它們自行繁衍，自生自滅。

我打開檯燈，翻閱泛黃的手冊。封面用四張紙黏成，邊角處全開花。內頁是兩張紙黏成一頁，講述機械圖解、紡織原理，圖表與文字搭配清楚，就連我這個門外漢，都能大致了解紡織程序。首篇是概說，以簡單結構表標注棉紡的主要程序，一共分成三部：清棉部、前紡部、和後紡部。清棉部的工序是混棉、開棉和清綿，前紡部則是梳棉、併條和粗紡，後紡部則是細紡、筒搖和成色。接下來的每篇逐一介紹每個工序。簡單來說，清棉是清理棉花，前紡部將棉併成紗，後紡部把紗織成布，最後成色，又稱作染整。兒時跟阿公去紡織廠，他只帶我進布廠，從不帶我去一旁的染整廠。好奇的我有次從窗門的空隙裡窺探，隱約看見一個工人推著整車白布。突然，一陣灼熱、潮濕的刺鼻氣味襲來，惹得我淚水直流，趕緊跑開，從此半步都不敢靠近。我至今仍能清楚記得那股刺鼻的氣味。

大致翻完整本手冊，我發現一件奇怪的事。手冊第一篇右上角標注著一九五六年十二月七日。第三篇「開清棉工程」，標注的卻是另一個日期，一九五六年十一月三十日。第四篇的日期又變成隔年的八月二十五日。每一篇不僅標注的日期不同，複印的字跡也不相同。譬如「概說」字體細小秀氣，第三篇的字跡卻是張揚跋扈。最後一篇是「力織機構講義」，特別針對當時工廠裡使用的豐田紡織機做解說，段落開頭處常見「本廠使用」字樣，看起來又是出自另一人之手。這些不同人寫成的複印紙，左側打洞，以粗線綁帶。根據時間「一九五六」年判斷，「本廠」是阿公工作的第一間紡織廠。阿婆說阿公這一生用一個字可以代表，就是「忠」。不識字的阿婆，對阿公的「忠」體會深刻。在家裡，阿公對曾祖母「忠」，因此薪水是連袋子一併交給曾祖母。阿公對工廠也「忠」，一直做到工廠不堪虧損裁員才離開。

為了知道更多關於這些手冊的事，我坐在電腦前，敲打鍵盤，傳臉書訊息給小玉姑姑。不僅是因為獨居的她經常流連在電腦前，還有，她向來是我們家記憶力最好的人：

「姑，妳知道阿公工作的第一間紡織廠？工廠怎麼說裁員就裁員？」

叮咚，那端立即捎來訊息：「怎麼突然這樣問？」

我猶豫著，不知道該不該把遇見小惠的事告訴她，小玉姑姑值得信賴，但也多疑，為了避免不必要的麻煩，我決定暫時隱瞞小惠的事。我回覆：「剛好在房間裡，找到阿公以前在紡織廠工作的資料，好奇嘛！@@」我很喜歡網路的表情符號，它們像是一個面具，戴上它，可以隱藏各種情緒。

另一端的小玉姑姑正在寫訊息，刪除又再寫。我想，這不是容易回答的問題。

「阿玲，妳會不會覺得戰爭這件事很遙遠？」幾分鐘後，小玉姑姑傳來這樣的訊息。

我回了點頭的動態表情，心底響起下午在金銀島聽見的〈Where Have All the Flowers Gone?〉這首歌。

「我記得，老爸工廠倒閉的時候，坐我隔壁的同學沒來上學。一連幾天後，老師到他們家去找人，才知道他爸的工廠突然倒閉，全家為了躲債搬到南部去。」

我不明白這兩件事之間的關係，便傳了一個問號。

「我聽老爸說過，因為韓戰的關係，美國給台灣大量原料，導致台灣的紡織廠增加太快。每間紡織廠都在搶原料，比誰的價格低，最後大家都沒飯吃，倒一大堆。我知道的就是這樣了。」

我回傳了 Thank You 的符號。

「早點睡，不要想太多。」小玉姑姑丟了這句話給我，便下線了。

沒有睡意的我繼續翻閱手冊，發現有些段落下方有畫線的痕跡。有時，不只一條線，可能是不同時間畫下的重點。阿婆提過，失去工作的阿公經老同事介紹，先去桃園，又跳到台中的紡織廠，薪水越跳越高。這本手冊應該也跟著他，一家換過一家。

我注意到其中一段「**完備之力織機之必要條件**」，不僅畫線，還打勾，這是整本手冊裡唯一有打勾的地方。力織機是相對於手織機，手織機是憑人力，力織機的原動力則來自電、水或蒸氣。上頭所列的力織機必要條件，包括：「**構造簡單，便於管理**」、**動力少，生產多**」、「**織工一人，要能管理多數機台**」。簡單來說，就是所需織工越少，獲利越多。

我想起那些被稱作「織工」的人，他們模糊的臉。有人捏我的臉頰說：「好像阿公啊。」有人抱起我說：「又長高了呀！」那些人裡，有一個就是小惠的母親。

我翻開另一本資料夾，開頭標列「欣棉染織廠股份有限公司」，第二行為「織布組織工程須知表」，標注客戶名稱與編號，譬如香港傑克、JORPACHE、F.T.等，客戶不限於台灣。上頭還寫著織布名稱、規格、織法以及交貨時間。這批表格製作時間是民國七十六年，那時阿公已經從越南回到台灣，阿公就是在這間紡織廠退休的。這裡是他頭家夢想最後寄託處，只是，最終還是因為老老闆過世、小老闆毀約而落空。

紀錄裡有些布料是用影印的方式呈現，有些則保留一塊樣布，用膠帶黏貼在表格下方，一旁標注使用的顏色與花樣。有些顏色恐怕已經褪色了，明明寫著朱紅色，我看見的線條卻是淺淺的粉紅色。它們有些可能被織成衣服，穿在某人身上；也可能做成窗簾，掛在誰家的門窗上。多年過去，全都舊了髒了，或是藏在誰家衣櫥裡，或是成為抹布、垃圾，早已燃成灰燼。

那台幻燈機恐怕也是吧，二、三十年過去，不知被擱在哪裡、被誰丟棄，最終和一包包垃圾為伍，在焚化廠隨風而逝。就算還在這房裡，並且被我找到，恐怕也無法使用了。

感到一陣徒勞無功的我，放棄尋找的念頭，平躺在床上，望著天花板發呆。天花板是木頭層板，整修以前經常漏水，水在天花板暈染開來，濕了又乾，乾了又濕，留下黃色漬痕，輪廓像極飛機。小時候睡不著，我就像現在一樣，瞪著天花板發呆。加蓋三、四樓後，房間的天花板不再漏水，倒是四樓漏水，水又滲入三樓，牆壁全是壁癌。我的家一直就是這副模樣，總是滲水處處，裂縫橫生。最老舊的裂痕在二樓長廊外廁所的牆壁，螞蟻沿著縫隙行走。上廁所時，我常盯著那些螞蟻，牠們在這房子裡繁衍一代又一代，像從來不曾死去。

儘管這幢房屋看來一點都不牢固，我們全家人還是仰賴它活著。房子位於街尾，一樓是店面。阿公還在越南時，整棟房子租人當診所。小玉姑姑說，那醫生一定曾醫死人，破壞我們家的風水。阿公回來後，不願意再把房子租人。直到爸媽結婚，才在一樓開了間牛排館。

阿公說，爸爸是做生意的料，他和還是女友的媽媽在西餐廳約會，吃到好吃的牛排，靠一張嘴，竟讓廚師願意把配方傳授給他。爸媽自己裝潢店面，壁面貼滿樹皮，入門左側搭建吧台。爸爸請阿公為牛排館命名，於是，這間與西貢毫無關聯的牛排館，被命名為「西貢牛排」。西貢牛排是小鎮第一間牛排館，新開幕時，生意還算不錯。人手不足，全家人都得幫忙。阿婆煎牛排，癲狗叔當兵休假時幫忙端盤子。大約是我讀國小後，小鎮開了其他牛排館，連鎖店進駐；加上開往新竹的車班日益頻繁，家家戶戶幾乎都有車，吃牛排的人都往城裡去了。西貢牛排的生意直往下滑。

因為生意變差緣故，西貢牛排餐館的後半回復為客廳，前半的吧台增設瓦斯爐，當作簡易廚房。癲狗叔拆除樹面貼皮，說是裡頭藏滿老鼠與蟑螂，壁面留下醜陋的貼痕。癲狗嬸嫁來後，靠牆處放了一個鐵製層架，遮蔽牆上的疤痕，賣起印尼食品、雜貨。牛排程序麻煩，也很少人點，阿婆決定改賣蘿蔔糕。儘管門外依舊掛著「西貢牛排館」的斑駁招牌，但事實是，西貢早改名，牛排館也不賣牛排了。

石頭叔和癲狗叔曾試過在外工作，一、兩年後全都回到家裡。嫁出去的小玉姑姑離婚後，回到家門口擺攤，賣起珍珠奶茶。從前，我不明白為什麼家裡沒有人在外工作？直到我像他們一樣回到家裡。小玉姑姑把原因歸咎在個性，她說：「我們都像妳阿公，不會跟人相處，在外面容易得罪人。」小玉姑姑說的不無道理，但我們終究和阿公不同。阿公退無可退，為了一間水泥房前往戰地。而我們，無論如何都還能退回這個破舊的碉堡。

關燈前，我再看一眼天花板上飛機狀的水痕，如果把這個老屋如一塊布攤開，這些水漬、裂痕與壁癌，大概就是屬於我們家的花色吧。

第四章

穿

阿公的發明

阿婆渾圓的身體在吧台內移動，銀白色的髮在日光燈照耀下幾乎要發光。吧台內部如今是餐館的簡易廚房，靠牆處加上火爐，中央擺張大桌，桌上堆疊著碗盤、筷子，最後剩餘的空間才用來切菜頭粄。整個空間擁擠又凌亂，必須小心翼翼，才不會碰撞到旁邊的東西。

但這些對阿婆似乎都不構成阻礙，只見她俐落地把菜頭粄從保麗龍箱拿出來，仔細撕開玻璃紙，對準切菜頭粄機，用力往下壓，軟玉般的菜頭粄頓時散落成十來塊。阿婆人長得很矮小，腹部因為生育與年歲，累積渾厚的脂肪。屬牛的她四肢強而又力，確實很像一頭牛。有時候，她會抱怨自己屬牛，才老是為人做牛做馬。

「阿婆。」我喊她。

「哎哦，仰會恁暗下來！」阿婆一面拿起下一條菜頭粄對準機器，一面喊：「遽兜[22]去拿塑膠盤來。」

22 遽兜：快點。

我這才想起，昨天阿婆還提醒我要早點起床，癲狗嬸得去參加堂弟學校的家長會。我走到櫥櫃邊，從裡頭拿出一個黑色長方形的塑膠淺盤，兩側都有把手。家裡留著十來個這樣的塑膠盤，開西貢牛排館時，用它們來端濃湯、咖啡，現在則是用來裝菜頭粄。

我把盤子遞給阿婆，又喊了聲：「阿婆。」這幾天，我不只一次想開口問阿婆關於阿公在西貢的事，特別是關於那個女人的事。但每次話到嘴邊，卻說不出口。

「仰般？」阿婆見我不說話，帶著不耐煩的語氣說：「奇怪，這幾日仰會恁樣盡喊偓，問你又毋講話，無錢用係麼？」

「毋係啦，偓係想問，」我停頓了一下，一鼓作氣說出口：「偓想問，阿公頭擺佇越南有細妹朋友無？」這句話被吐出時，我先被自己嚇一跳。我想過好幾個版本，比如先問有沒有朋友，再問男的還是女的多，總之，不是這樣一箭命中紅心。

「好恬恬[23]仰會問這？」阿婆抬頭看我一眼。她見我支支吾吾說不出話，一面擦拭機器上殘餘的菜頭粄，一面說：「有啦。佢佇越南的同事也有。」

「妳……仰會知呢？」我還是不願意相信，那個在我心底三十餘年來不擅言詞、個性孤老的「阿公」，在越南曾經有過女朋友。

「偓去越南个時，就知了。」阿婆說。

「妳去過越南？」阿婆喜歡跟著親友團、進香團，搭遊覽車到台灣各地旅行，也去過大陸一回。但我從不知道，她曾跟著阿公到越南去。

「係啊，屋家頭擺毋係有種珍珠花？就係佢去越南帶轉。」阿公和阿婆叫陽台上的九重葛「珍珠花」，除了他們之外，我沒聽過九重葛還有這個名字。我猜，大概是九重葛的葉瓣裡有三朵小白花，遠遠看去像蚌殼裡的珍珠。

「該毋係阿公帶轉的？」我問。我的印象裡，那是阿公從越南帶回來的，我還因此寫過一篇散文〈九重葛〉，是我唯一一篇被登在報紙上的文章。

「麼誰講的？該係佢自家帶轉的。」

正當我想繼續追問時，聽見背後傳來小玉姑姑的聲音。

「『頭家』要我來看，這底背佇無閒麼个，[24] 切條菜頭粄切恁久？」小玉姑姑人還在門口，高頻率的聲音就先到了。她口中的「頭家」指的是石頭叔，自從阿婆把管帳的任務交給他，攤子也由石頭叔負責掌廚後，小鎮人們漸漸稱呼石頭叔為「頭家」。因此，雖然這棟房子與攤子的所得名義上是兩個叔叔均分，石頭叔還是被認為是一家之主。對

23 好恬恬：好端端。
24 底背：裡面。無閒：忙碌。

於這件事，癲狗叔曾經抱怨過，總覺得石頭叔聯合外人欺負他。但是，石頭叔掌廚後，生意確實比從前都要好，還因廚房的鍋子不夠大，再訂製一個攤架，用來放兩個淺底大鐵鍋，方便同時煎更多菜頭粄，應付早上的人潮。

「沒有啦，阿婆在說她以前去越南的事。」我說。阿婆走到吧台拿出另一條菜頭粄，仔細地撕開玻璃紙。

「喔，這件事我記得啊！問我就對了！」小玉姑姑說：「我記得，老媽那時候不在家，阿婆煮飯，把柴放進灶下，我在旁邊幫忙。阿婆問我：『妳媽毋要轉了，妳會哭無？』不騙妳，我的眼淚呀，立刻往下掉。我們都以為老媽不回來了。」說完輕輕撞了一下阿婆的肩膀問：「老媽，妳當時到底去幾久？」

「正一個月，本來要去兩個月。」阿婆說完，嘆了一口氣。

「一個月還玩不夠啊！難怪老爸都說：『妳阿姆逐項好，就係太愛搞[25]。』」小玉姑姑模仿阿公的語氣說。

「佢知麼个！」阿婆的語氣有些不悅。

小玉姑姑看著我，聳聳肩，一副無可奈何的表情。

阿婆把菜頭粄放在機器上，對著機器喃喃說：「好得妳阿公做這機器，無這下[26]老了，仰般切這菜頭粄？」

因為牛排館生意太差，善變通的阿婆在早上賣菜頭粄來貼補家用。她知道庄下桂伯婆做的菜頭粄，用大灶蒸的，帶著柴香，便向她批貨煎來賣。阿婆得先量好每塊菜頭粄的厚度，再一刀刀把它們劃開成片狀。不要小看菜頭粄，緊密又黏稠，光是切完一塊就要耗上不少氣力，速度又慢。阿公於是找來一塊厚木板，把鐵絲彎成ㄇ字型，再依據菜頭粄需要的厚度，把彎好的鐵絲一圈一圈固定在木板上。從構造上來說，它和小惠提到Yaki用的整經架有點相似，說穿了就是在一塊木板上插上東西。從前並不覺得這設計有多了不起的我，第一次佩服起阿公的發明。

我半蹲著從側面望過去，它看起來就像一條鐵絲隧道。穿過隧道，我看見阿婆粗厚的手指，帶著菜頭粄留下的油光。手腕處有一塊紅紫色的疤，是新燙傷的痕跡。

25 愛搞：愛玩。
26 這下：現在。

阿婆的旅行

早晨剛做好的菜頭粄尚留著微溫，阿婆一個勁往機器上壓，菜頭粄看似還是一條，實則已成片狀。一陣菜頭香氣傳來，小玉姑姑忍不住上前嗅聞，並喃喃地說：「桂伯姆做的菜頭粄，從小食到大，味道全沒變！」邊說邊把菜頭粄放到盤子上。

「嘿呀，桂伯姆也八十歲了，這下係佢心臼[27]幫忙，無佢一个人做毋來。唉，毋知還有幾久好食這菜頭粄？」阿婆看著那條被切開的菜頭粄說。

大家沉默下來，各自忙著手邊的事。最後是小玉姑姑先開口，用撒嬌的語氣問道：「老媽，講正經，妳去越南，有想倨兜無？」

「有麼个好想！」阿婆說完話，就自我手中接過塑膠盤，走到外頭去。

阿婆前腳一離開，小玉姑姑便對我說：「妳阿婆從來都不緊張我們。以前老爸在越南，老媽被尪叔欺負，受委屈，就跑了。我和兩個弟弟搭公車要去舅姆家找她。第一次自己坐公車，怕死了。鄉下的田全都長得一模一樣，最後被公車司機趕下車。」

「結果勒？」如果是我一個人走在陌生的街道上，身邊還帶著兩個弟弟，一定緊張死了。

「結果喔，只好沿著原方向回家。」小玉姑姑轉身去拿一塊蘿蔔糕，撥去上頭包覆的玻璃紙：「回到家，天都黑了，還被大姊罵了一頓。」

我想起童年時一段類似的經驗。大約小學一、二年級，有天，我在房裡聽見阿婆跟阿公大聲爭吵，晚餐時就不見阿婆的人。第二天、第三天，她都沒回來，我坐在床上抱著她的枕頭，聞她留下的味道，把頭埋進枕裡啜泣。阿公本來想等阿婆自己回來，但時間久了，他也緊張起來。打算騎機車到中壢姨婆家找她，他知道阿婆在那裡。只是面子掛不住，問我願不願意陪他去。「偓毋要。」我回答。雖然我很想趕快見到她，但也生她的氣，我已經沒有媽媽了，她到底還想怎樣！

無論走多遠，離開多少次，阿婆終究還是回來了。作為孩子的我當然很高興，但我不知道她自己開不開心？只能怪她不夠狠心。如果她再狠一些，一定可以走到更遠的地方。不只是她，結婚又離婚的小玉姑姑、離家讀書的我，都曾痛下決心，以各自的方式離開過。只是，最後全都回到原點，回到這幢漏水處處、裂隙橫生的老屋。

「你兜又講偓壞話！」阿婆帶著空盤，走了進來，狀似生氣說道。

27 心臼：媳婦。

「欸，老媽，人家講祕密，妳幹嘛偷聽！」跟在後頭進來的石頭嬸，一面把手裡帶土的大把青蔥拿到洗手槽，一面用開玩笑的語氣說。

「哪有麼个壞話？講妳一個老人家，還做得走到哪位[28]去？」小玉姑姑把菜頭粄遞給阿婆說。

「這幾日，毋知做麼个？發夢到西貢。」阿婆把菜頭粄對準機器，喃喃地說：「恁多年，不知變樣般？」即使阿婆刻意把話說得很小聲，偏偏我們都聽見了。

在洗手槽洗青蔥的石頭嬸，把水龍頭關上，轉頭對阿婆說：「老媽，和我一起回去啊！」她看阿婆不作聲，接著說：「不用擔心小孩，錢的事情也不用掛心啦！」

「對啦！老媽，想去就去。機票錢我出。」小玉姑姑在旁敲邊鼓，一副明天就可以出發的模樣。再轉頭看我說：「阿玲，我看，現在就妳最閒。陪阿婆一起去，錢我先借妳。」小玉姑姑說完，輕輕拉扯我的衣角，向我使眼色。

「阿婆，我們一起去啊。」我說。阿公走了以後，平時很少垂頭喪氣的阿婆，經常有意無意地嘆氣。如果這趟旅程可以讓她開心一點，就算得向小玉姑姑先借錢，就算得硬著頭皮跟補習班請假，但就去吧！況且，可以找到一些阿公在家裡一樓越南的蛛絲馬跡也說不定。

「就這麼說定喔！」小玉姑姑笑嘻嘻看著阿婆和我說。阿婆繼續切著蘿蔔糕，沒有說話。大家都當她是默許了。

石頭嬸的房子

石頭嬸說的「回去」，指的是她的娘家，越南西寧省，一個距離胡志明市三個鐘頭車程的地方。「有很多咖啡館喔。」不喝咖啡的石頭嬸，曾經這麼對我說。說起來，石頭嬸成為我們家的一份子，跟阿公也脫不了關係。阿公發現肝硬化那年，抱著不婚主義的石頭叔突然宣布要結婚，當時的他連對象都沒有。

石頭叔遺傳阿公的五頭身，頭大身短，看起來老實可靠。癲狗叔曾說：「別看妳石頭叔那副樣子，很多女生要他哩。以前那個護士，妳記得嗎？那時我跟你石頭叔還睡同一個房間，就是現在二樓廚房的位置。我睡下鋪，他睡上鋪，那護士來我們家睡的時候，整張床搖來搖去，搞得我睡不著。」我記得那個護士，米米阿姨，石頭叔的第一個

28 哪位：哪裡。

女朋友。當時全家人，包括我，都以為米米阿姨要嫁給石頭叔了。結果，米米阿姨結婚了，新郎卻不是石頭叔。他什麼都沒說，照常出門跟師傅修水電、喝酒、回家睡覺。我們也不敢問，假裝什麼事都沒發生。

唯一表現得最明顯的，是阿公。他不時坐在客廳裡嘆氣，一副無精打采的樣子。阿婆忍不住調侃他：「奇怪，又不係你个細妹朋友？」不過，也難怪阿公會失望。再一個月，就要改建完工的三、四樓，他特意留了三樓盡頭的房間給石頭叔當新房。那房間有間獨立的浴室，連按摩浴缸都裝好了。

石頭叔怪罪阿公浪費錢，好好的房間裝按摩浴缸做什麼？倒是好奇的我曾向石頭叔借來泡澡，那些水在浴缸裡滾動、衝向我的身體，感覺就像有無數隻手抓捏每一寸皮膚，帶來莫名的刺激感。那是我從沒體會到的感覺，讓我興奮，也帶著因為不明所以而產生的畏懼。

每次泡在按摩浴缸裡，我就會想起米米阿姨。石頭叔究竟有沒有告訴米米阿姨按摩浴缸的事？有沒有告訴她，他就快有一個自己的房間，不需要和癲狗叔同睡上下鋪？如果說了，他們有沒有可能是另一種結局？也許，石頭叔沒說，也許，感情不是一個房間可以挽回。米米阿姨之後的女人們，我來不及記得名字與長相，就換人了。那個房間進進出出不同的女人，而石頭叔最終還是一個人。

抱定一輩子不婚的石頭叔，在四十歲那年突然說要結婚。不知道石頭嬸是幸還是不幸，她成為石頭叔開始相親後，遇見的第一個女人。

「對方係越南細妹，你堂哥介紹的，同工廠的同事啦。你爸講，越南細妹盡內，講話溫柔。佢頭擺有嫁過人，毋過，沒降細人啦。」阿婆這麼對石頭叔說。

阿婆說了很多，但石頭叔只回了一聲：「嗯。」

幾日後，一個濃眉大眼、黑皮膚，臉上長滿青春痘的女孩坐在家裡一樓門邊木椅上。我朝那女孩點頭，她也朝我點頭，用力擠出一點笑容。

阿婆把我拉進客廳，小聲問：「外背該細妹，妳看仰般？」

「麼个仰般？正見到。」又不是我相親，況且連話都還沒說一句。

過一段時間，阿婆笑容滿面拿他們出遊的照片給我看，那女孩和石頭叔站在兩側，阿婆站在他們倆中間。再後來變成兩人單獨約會。半年後，兩人就決定結婚。婚禮開始籌辦，我第一次知道那個「越南妹」的名字「阮氏泉」。不久，她就成了石頭嬸，房間的女主人。石頭嬸嫌按摩浴缸太占空間，請人把它拆了，換成她兒時習慣用的鋁製大盆。

石頭嬸曾是另一個房子的女主人。她向我提過她前夫的事，前夫長期失業，每天酗酒，最後酒駕車禍過世。

「晚上我一個人在家，電話響，接起來，結果是醫院，要我去認屍。」石頭嬸對我說，眼眶泛紅。即使前夫日日飲酒，卻是在陌生環境裡，唯一能夠依靠的人。她的前夫留下一棟房子，讓石頭嬸至少有個遮風避雨的地方。但是，前夫的兄弟欺負石頭嬸看不懂中文，把房子「騙」走了。什麼都沒有的石頭嬸為了生活，只好到紡織廠上大夜班。

可能是這個原因，讓向來天不怕地不怕的石頭嬸，最怕石頭叔跑出去喝酒。只要石頭叔又跑去朋友家喝酒，石頭嬸就會坐在客廳裡等。有次，石頭叔醉醺醺地回家，在客廳等著的石頭嬸立刻起身，指著石頭叔大聲罵道：「**Anh Hai**，你以前答應我，晚上不喝酒，結果勒？」

這番話沒有嚇到酒醉的石頭叔，反而驚醒旁邊打瞌睡的阿公。他皺起眉頭叨念：「講話較小聲做得無？」

「還不是你自家，講麼个越南細妹盡好，講話細聲。兩个人講話，別人聽不到佢兜的聲。結果？」看起來喝醉的石頭叔，說起話倒是字字清楚。

平日扮演一家之主的阿公，突然像個做錯事的孩子般，無奈地說：「俚頭擺認識的毋係恁樣啊。」從未因為偏愛爸爸而對石頭叔感到不好意思的阿公，卻因信誓旦旦掛保證、推薦越南細妹這件事，對石頭叔感到歉疚。

本來生著氣的石頭嬸，看到難得向人低頭的阿公，忍不住笑了出來：「拜託，老爸，你遇到的是什麼時代的『越南細妹』啊？」不太會說客語的石頭嬸，刻意用客語強調「越南細妹」四個字。

「好了，好了。要睡不會轉房間睡？講別人做麼个！」阿婆阻止阿公繼續說下去：「樓頂『補的』燉好了，遽遽[29]上去食。」「補的」是石頭叔買來給阿公治肝病的中藥。阿公忌諱我們提「藥」，就改用「補的」來替代。阿公聽見阿婆的催促，慢慢自藤椅起身，緩緩步上樓梯。

「阿玲，去阿公背後看著。」石頭叔不放心地吩咐我。

樓梯呈L形，從一樓到轉彎處是圓柱狀的木頭把手，西貢牛排館開張時裝設的。阿公扶著把手，好不容易爬到轉角處，抬起沉重的腳步繼續往上爬，右手轉抓住轉角至二樓的扶手。這扶手和前段不同，用的是不鏽鋼。原來這一段是沒有把手的，十幾年前，阿公為了行動日益緩慢的曾祖母加裝，如今自己也用上了。走在他身後的我，看著他的背影，腰間皮帶垂得老長，才發現他瘦了好多。

當時的我並未料到，再過不久，這個客廳就會變成他的病房。當然，也從來沒有想過，阿公和他口中「認識的」越南細妹是什麼關係？現在就算想問，也沒有機會了。

29 遽遽：趕快。

我的鑰匙

幾天後，石頭嬸就透過認識的管道，提前訂了十二月中到越南的機票。石頭嬸說本來想農曆年回去，但機票實在太貴，她和石頭叔商量，決定十二月休幾天假先回去。這次的越南行，有石頭叔一家四口，加上我和阿婆，總共六人。石頭嬸和兩個堂妹會待上十天。阿婆、石頭叔和我，只停留五天。去過越南的石頭叔說：「那裡我待不習慣，五天就好。」其實，石頭嬸和我都知道，他是為了提早回來享受短暫的單身生活，喝酒不用報備，更毋需趕著回家。至於剛上班幾日的我，想著這份工作如果順利做下去，不方便請長假。

不過，我太高估自己的能力，勉勉強強撐過一個月，我就決定辭職了。遞辭呈前，我經過教室走廊，透過玻璃窗望著空蕩蕩的座位，在關了燈的房間裡，不整齊的排列在一塊。教室最後那張摺疊椅，獨自靠在教室後的牆上。它看起來多麼冷酷、傲慢，那是男老闆的專屬位置，在補習班，我們得尊稱他「班主任」。班主任常一聲不響走進教室，坐在那個位置上，冷眼看我。我準備了一整天的教案，全被他銳利的眼光打亂。女老闆（她要我稱呼她吳老師）則不時經過玻璃窗，偶爾佇立一、兩分鐘，用憐憫、同情的眼神望著我。還有，孩子一旦考差，家長就打電話來抱怨，甚至以退班威脅。這些明浪暗潮幾乎把我吞沒。

其中最叫我受不了的，就是打招生電話。我必須用篤定的語氣，告訴家長們自己也不相信的事：「作文班打好書寫基礎，珠算班培養邏輯思考，英文班是走向世界的鑰匙。我們的老師都是有口碑的！先來試聽一次再決定。我們現在有這個新的方案……」曾經短暫學過珠算、上過作文班的我，從來不曾握住那把走向世界的鑰匙。我所擁有的，只有背包裡那把通往我家的鑰匙。它是一把普通的合金鑰匙，為了方便從背包裡找到它，我串上一個零錢包。每次開門時，由於門鎖老舊，我必須用力將鑰匙插入孔洞，使勁把門打開。

日復一日，我從破敗的老屋，搭火車、公車輾轉來到這間補習班。小心翼翼地閃避那些質疑的眼神，就怕它們瞬間將我吞噬。我的身邊卻連一根浮木都沒有，即將滅頂的我，決定在對方開口前，主動提出辭呈，至少留下所剩無幾的尊嚴。

我誠惶誠恐遞上辭職信，那封辭職信因為塞在我的外套口袋一整天，外表布滿皺摺。班主任看到辭職信，臉上還是一貫的冷漠，把信丟在桌上人就走了。女老闆也沒有挽留，用她招牌的微笑點了點頭，彷彿早就預見這個結果。

這事如果被石頭叔知道，他一定會說：「你這點尊嚴值得了幾分錢？」他說的一點都沒錯，由於還在試用期，我的薪水被砍成原先講好的七成。

我再度失去工作。

說實話，比較起在外頭做這些工作，我更喜歡在家裡幫忙。然而，家裡不缺人手，也發不起另一份薪水。加上，叔叔和嬸嬸都這麼對我說：「妳是個大學畢業生，成天待在家裡像話嗎？要當弟弟妹妹的榜樣啊！」為了避免遭到他們的白眼，我依照過去一個月的時間表，近午出門，晃到晚上才回家。這段時間，我就找一間城裡火車站前的速食店，麥當勞、肯德基和摩斯漢堡，每天換一間，點最便宜的套餐，吹整天免費冷氣。

我也不是什麼都沒做。我帶著從小鎮圖書館借來的書，慢慢翻閱。是的，因為小惠，我又可以閱讀了。即使讀得非常慢，也沒有關係，我有的是大把的時間。讀累了，就從背包裡拿出外套，摺成枕頭的形狀，倒臥在速食店的角落裡。睡飽了，再讀一個段落，就收拾東西，搭末班電車回家。某天下午，我睡得太沉，被自己的夢驚醒。我夢見，阿公撞見在速食店流浪的我，他露出驚異的表情，就像當年看見帶著小熊四處晃蕩的癲狗叔。

從夢中驚醒的我，忙亂打開日記本，把今天畫去，計算還有幾天才能出發去越南。像個坐監的人，日日盼望出獄那天，有人會帶著一把鑰匙，打開我眼前的這扇牢門，帶我逃離現在的生活。

姨婆的茶

好不容易等到出發這日。近來老是抱怨自己腳痛、腰痛的阿婆，顯得精神奕奕，病痛都不見的模樣。由於成員裡有老有小，石頭嬸堅持提早到機場，檢查行李、入關，抵達候機室時，距離飛機起飛的時間還有一個多小時。

本來我的責任是照顧阿婆，現在倒成了小Q的保母。石頭叔的小女兒茵茵才四歲，只黏媽媽。小Q七歲，自己背個小背包，一路跟在我身邊。她身穿迪士尼卡通《冰雪奇緣》裡的公主造型衣服。上衣是絨布般的緞面材質，尺寸略緊，讓肚子顯得圓滾滾的。裙襬是撒滿亮片的水藍色蕾絲，一層疊著一層，有點刺膚。但對於幻想成為公主的小女孩來說，一點刺痛不算什麼。

以身材來說，這個孩子像石頭叔多一點，頭大脖子短。一雙明眸大眼，深褐的膚色，則是像石頭嬸。由於登機時間還久，石頭嬸帶茵茵去逛免稅店。石頭叔坐在對面椅子上休息，阿婆和小Q分別坐在我的兩側。

「阿姨，講公主的故事給我聽好嗎？」Q版公主開口。按輩分來說，她應該稱呼我「姊姊」，但因為我和石頭嬸年紀相仿，她有時稱我「阿姨」，有時稱我「大姊姊」。

想起來，我也曾有過迷戀公主的年紀，頭上喜歡戴皇冠式髮箍，愛穿蓬蓬的網紗裙子。後來，我發現那些童話故事的結局不外是「從此以後，王子和公主過著幸福快樂的日子」，不管是什麼王子跟什麼公主相愛，結局都是一樣，實在無趣。況且，對我來說，「幸福」是個十分模糊、遙遠的詞彙。至少對我身邊的人而言，「幸福」實在縹緲難捉摸。聽說我的爸媽在結婚以前，各自都有許多仰慕者，也算是小鎮的王子與公主。但他們的婚姻卻不是一句「幸福快樂」就可以帶過的。結婚相伴一輩子，像我阿公阿婆這樣，就能算是「幸福快樂」嗎？

懷著這些疑問的我，很早就開始在腦海裡改寫故事的結局。現在，剛好可以把這些「改編版」說給小Q聽。我先說《灰姑娘》的故事：「灰姑娘的腳剛好套入玻璃鞋，從此以後，她就有穿不完的鞋子。因為，整個王國的鞋店老闆，都會捧著最新的鞋請她代言。」

「是這樣嗎？」小Q露出狐疑的眼神：「算了，妳還是說《白雪公主》好了。」

終於結束後母與白雪公主的愛恨情仇，講到故事的結局，我咳了一聲，說：「白雪公主被王子救醒以後，再也不敢吃蘋果了。」

「大姊姊亂說！」小Q氣極了，臉龐氣鼓鼓，像隻松鼠般說：「白雪公主跟白馬王子最後會住在城堡裡，過著幸福快樂的日子！」

看來小Q對我的「改編版」，十分不滿意。她聽過「正確版」的故事，只是想聽我再重複一遍。

「那我不說了。」未來戳破美夢的現實，還會不斷向小Q襲來，我不應該太早破壞她的美夢。我索性不理她，閉上眼睛。距離登機還有一個小時，石頭叔早閉目養神去。年紀大當爸爸可真不是件容易的事，我這樣短暫應付一個孩子，已經覺得有些筋疲力盡。第一次搭飛機的緊張感，反而被疲憊蓋過，只想趕快上飛機好好睡一覺。

其實，我還有個來不及說的故事，大家耳熟能詳的《睡美人》。小時候的我讀這本書最不明白的地方，就是為什麼睡美人要碰觸紡織機的紡錘針尖？整台紡織機明明有那麼多地方可以試探，第一次看見紡織機的睡美人竟然選擇最銳利的地方？可見，睡美人一定是個沒有生活感的人，不知道觸碰針尖的後果。醒來後的睡美人，應該再也不敢碰紡織機了吧。但仔細想想，貴為公主、成為王妃，將來會登基成皇后的她，往後生活有的是各式昂貴的衣料、繁複沉重但美麗的紗裙，根本不需要坐在紡織機前。《睡美人》的故事讓我想起小惠。如果小惠是主角，鐵定不會被紡錘刺傷。

「頭一擺坐飛機會緊張無？」阿婆問我。

我閉著眼，搖搖頭。

「佴頭一擺坐飛機，緊張到會死，好在有妳清雲姨。」阿婆也染上阿公的毛病，弄不清輩分，有時誤把我當成小女兒。說「妳大哥」時，指的是爸爸；稱「妳小姑」，指的是「姑婆」。我已經習慣自動調整稱謂，把對方的輩分往上調一階就是。

「清雲姨婆，」我睜開眼睛想了一下說：「妳講的係待鶯歌老街該位？」

「係呀！妳仰會知佢？」

「舊年[30]，阿公講要尋老同事，偓兜毋係同佢共下去過。」阿婆一定又忘記了，自從阿公過世，她的記性越來越差。

「老張佢……」阿婆似乎記起什麼，在腦海裡搜索答案，答案卻遲遲沒有浮現。又重複說一次：「老張佢……」

「佢無在[31]了。」我幫她接住這句話。

「無在？仰會恁樣？」阿婆一臉疑惑。

「清雲姨婆自家講个，走幾年了。」我提醒阿婆。她混濁的目珠略略發紅。我發現，這些老人們常忘記誰還在、誰不在，只以為是少往來，是生是死全忘了。我原來也忘記清雲姨婆這號人物，倒是阿婆這麼一提，讓我想起去年與她見面的情景。

阿公雖然有時會提到越南，但大部分都在稱讚西貢這座城市有多現代，下水道多麼先進，街道上的四輪汽車、阿豆仔如何多。卻不曾提到他在越南認識的人、做過的事。

他退休後往來的幾個朋友，還是那兩、三個在初進紡織廠工作時就認識的老同事。反而在西貢一同打拚的同事們，幾乎沒見過他們有往來。

然而，去年十月，無法走路的阿公，說什麼都要去鶯歌老街一趟。他拖著孱弱身軀，頂著正午熱熻熻[32]的日頭，走過冒著熱氣的柏油路，好不容易來到老街連排的騎樓下，挨家挨戶地尋找他口中在西貢的同事「老張」的家。走了超過半小時，阿婆和我已渾身是汗，阿公卻一滴汗也沒有，彷彿他乾瘦身體已榨不出多餘的水分。

那是一條觀光化的老街，許多戶保留舊有的門面，內裡重新裝潢成新模樣。阿公不記得確切位置，只記得在老街上。我推著輪椅，負責探路的阿婆走在前頭。她走得很急，甚至比阿公更急切，等到發現我們沒跟上，才停下腳步，留在原地等待。

終於，阿婆在前方不遠處的一間店鋪前止住腳步，回頭看著輪椅上的阿公，點點頭，招著手。我從來來往往的人群裡，看見阿婆對我揮手。為了向她確認，我大聲喊：

30 舊年：去年。
31 無在：不在，指過世。
32 熱熻熻：炎熱。

「到了係無？」阿婆沒有回答我，站在門外望向屋內。

「到了。」坐在輪椅上枯瘦的阿公，歪頭靠在輪椅背，發出細小的聲音。

假日的鶯歌老街擁擠不堪，我加快腳步，賣力超車，終於來到阿婆所在的店門口。這是一間賣涼水的鋪子，但不像現下流行的手搖飲料店，有光鮮亮麗的裝潢，涼水鋪裡外都沒有改建過，保留古意的老木頭。由於陽光只曬到騎樓，裡頭幽暗得像是另一個時空。

阿婆沒有作聲，愣愣望著裡頭。我把輪椅交給阿婆，獨自走進店鋪內。店內沒有冷氣，卻透著一股涼意。店內一面牆上是木製的架子，上頭放置幾個鐵罐，用紅紙黑字寫著「紅茶」、「綠茶」和「烏龍茶」，有些放得較高的罐子上，被蜘蛛絲纏繞。另一側，放著一張矮桌和高背的藤椅。一個老女人坐在那張藤椅上，一雙穿著絲襪的細腿靠在椅腳。她身上穿著合身的淺綠連身洋裝，雙目緊閉。眉毛細而彎，被仔仔細細描繪過。即使臉上皺紋滿布，但因身形苗條、臉蛋小巧，仍看得出年輕時是標致的美人。

我正要開口詢問時，女人睜開了眼問：「買紅茶嗎？真不好意思，想休息一下，竟睏覺了。」

「沒關係，其實，我……」我吞吞吐吐想解釋，卻講不清楚，還好阿婆推著阿公走進。

「清雲姊！」阿婆開口。一旁的阿公沒有作聲，右眼的眼角卻落下一行淺淺的淚水。很少看見阿公掉淚的我，趕忙拿出背包裡備好的面紙，擦著那張瘦削、枯槁的臉。

只見叫做「清雲姊」的女人，雙手摀著嘴巴，又驚又喜的樣子。

「好久沒見。」阿婆開口，用不是太流利的國語緩緩說著。又推了推我，低聲催促：「還毋喊人。」

「姨婆好。」我說。

「好好好。快進來，快進來。」清雲姨婆忙著招呼我們。「不好意思，沒幾把椅子。」除了那張高背的藤椅外，旁邊只有兩張木頭板凳。

「偶坐這。」阿婆坐在最靠近藤椅的那張板凳上說：「老了，腳不耐走了。」

我把輪椅停在阿婆旁邊，坐在另一張板凳上。

「真是年紀大了，什麼都不中用。哎呀，」清雲姨婆驚呼一聲，「我都給忘記了，要喝點什麼，紅茶？綠茶？」

「不用麻煩啦！」阿婆笑著說。

「這茶可是我一早起來煮的。」清雲姨婆走到店門前的冷藏櫃前。那是不鏽鋼製的冷藏冰箱，比腰高一些。旁邊放著一串透明塑膠免洗杯、一包吸管與長條狀的塑膠袋。

「喝紅茶吧！我這賣的冰紅茶，還有外縣市的客人專程來買。」清雲姨婆往右推開冷藏櫃上的不鏽鋼面，拿出三個杯子，取出掛在裡頭的鐵勺，精準地將透光的紅黑色液體倒入塑膠杯裡。

「謝謝啦，清雲姊，兩杯就好，阿有不能喝。」阿婆說著，示意我過去幫忙端紅茶。

清雲姨婆先是停頓一下，望著阿公，似乎想問些什麼又作罷，只說：「喝不完就帶走，不要緊的。」

我端著兩杯紅茶，一杯遞給阿婆，一杯留在手上。清雲姨婆則把另一杯用塑膠袋裝著，擱在矮桌上。不過幾個簡單的動作就讓她氣喘吁吁。阿婆連忙說：「休息一下，不要忙了。」

清雲姨婆輕拍胸口，望著我說：「這是孫女吧！可真孝順。」

「她啊，現在沒工作，每天在家裡。現在年輕人，跟我們不一樣，吃不了苦啦！」阿婆說著，用吸管吸了一口紅茶：「真好喝！」

清雲姨婆搖頭笑著，接著又轉頭看向我問：「嫁了沒？」我一時不知所措，猛搖頭，接著拿起手上的紅茶來喝，深怕被發現臉一下紅到耳根了。

「連對象都沒有。」阿婆一面替我回答，一面將手上的吸管靠在阿公的唇邊。阿公吸了幾口，就不吸了。向來愛喝冷飲的他胃口越來越差。

「對了，怎麼沒見到老張？」阿婆問。

「老張啊，早去那找上帝玩啦。」清雲姨婆手指天上說：「老張走的時候，那些一起到台灣的老鄉，死了大半。他在台灣沒啥親人，還多虧阿有，叫小兒子來幫忙。」

阿婆露出不解的表情望向我。我聳肩、略微搖頭，表示和她一樣，完全不知道這件事。我們都以為阿公沒和這群朋友聯繫了。阿公還是沒有什麼表情，對他來說，任何一個表情都要花費許多力氣。

清雲姨婆見阿婆不說話，繼續說：「還記得，老張和阿有年輕時還打過架！都不知道是多久以前的事？過日子的時候，老覺得時間特別慢，回頭想起來，幾十年前，又好像昨天剛發生一樣。」說完嘆了口氣。

「是啊。」阿婆附和著，轉頭看著阿公，那表情像母親看著頑皮的孩子。本來面無表情的阿公，癟了癟嘴，有點委屈的樣子。

雖然是大熱天，清雲姨婆的藤椅扶手上放著一條薄毯，她把薄毯罩在身上，微微咳了兩聲。

阿婆起身，走到清雲姨婆前，替她把那條薄毯拉襯，嘴裡說：「清雲姊，偶們還要去祖師廟，不好留太久，妳好好休息，偶們先走。有閒，來偶們家坐坐。」

清雲姨婆握住阿婆的雙手說：「好好照顧阿有。」再望向阿公：「阿有，大家都有年紀啦，好好保重。」

阿公的眼睛用力眨了眨。清雲姨婆想起身送我們到門口，阿婆按住她的肩膀：「不要送啦，妳休息。」說著從口袋裡掏出一個紅包袋，塞入清雲姨婆的手裡。

「不要這樣。」清雲姨婆要把紅包還給阿婆。

阿婆又把紅包推向清雲姨婆，說：「應該的，清雲姊。沒帶什麼東西，這也沒幾多錢，妳買點喜歡的東西吃。」再次把紅包袋塞入清雲姨婆的手心，拍拍她的手背說：「要保重啊，偶再來看妳。」

我推著輪椅和阿婆走到外頭，輪椅一角掛著那杯外帶的紅茶。我們朝清雲姨婆邊揮手邊說再見。她朝著我們微笑，沒有揮手。我心裡覺得奇怪，走了幾步又轉頭望了一眼。

我看見她把薄毯往上拉，露出淺綠色的裙襬，上面開著紅紫色的小花。遠遠看去，她纖細的腿彷若樹枝，那些花一朵一朵攀附在她的身上，風吹來，搖搖欲墜。

第五章

織

沉重的行李

民國六十四年三月二十五日。

春梅牢牢地記得這個日子。這一天，她終於要離開這個房子、離開小鎮。她想親眼看看阿有說的西貢好多年了，但是卡將不准，所以一直沒去。沒想到工廠頭家要付機票錢，免費招待眷屬。不只她，老張的太太清雲、老王的太太金蓮，全會一起去。卡將總算點頭答應。

春梅佇衫櫥前，把胸前的扣子一一扣起，紅白條紋絲質襯衫是好友阿桃做的，春梅自己選的布，阿桃沒收她工錢。搭配黑長裙，轉妹家[33]、飲喜酒時，全靠這套衫褲。衣衫略略塞入裙子裡，著上絲襪、米白色魚口鞋。鞋子頭前正露出一隻小洞，就看不到肥腳趾。這雙鞋是今年舊曆年，阿有陪著去新竹買的。本來想買高跟鞋，仰知恁難尋到堵好[34]的，不是太緊，就是太大。阿有笑她「大腳板」。小時沒錢買鞋，有麼个法度？

33 妹家：娘家。
34 堵好：剛好。

春梅對著衫櫥門板上的鏡子擦口紅，輕輕講一句：「要走了。」拿著昨暗晡準備好的行李，行出房門。窗門看出去，天還沒光。她轉過身看眠床頂，細人還在眠床頂睡到不知醒。講是細人，全生得比她還高大，細仔睡外背，小玉睡底背。大家腳骨深伸直直，只有屘子腳骨屈著，背囊彎彎。[35]這張床，先是阿有去越南，後來阿瑞走了，結果還是無較空，細人大太快。到西貢，要跟阿有提這事情，細人要分房了，這屋不夠大。

驚吵醒細人，春梅輕輕推開房門。她嫁來這，卡將就講，房門做不得鎖，門要留條縫。講起來，這門沒麼个用。暗夜入去睡夢，天光出來做事。春夏秋冬，每日全同樣。

今晡日，春梅知自家的心無同樣，心臟跳盡快。怦、怦。春梅正手[36]款著袋子，經過小叔房門，輕手輕腳走下樓。怦、怦，卡桑卡將不知醒了無？

日本時代過去久遠，她還是喊家官家娘「卡桑」、「卡將」。他倆最愛唱日本歌、用日本做的東西。對卡將來講，和日本有相關的，就是好的。像阿有年節時，自西貢帶轉來的日本遮仔[37]，卡將遇到人，就講恁輕恁好用。其實，她根本毋盼得[38]用，落水天帶兩把遮仔出門，日本該把放到袋子底背，台灣該把才真的拿來用。

春梅和阿桃講：「侄係台灣遮仔，逐日用，逐日嫌。阿英係日本遮仔，麼个事情全毋需做，賣菜錢也毋需拿轉來。」阿英是小叔的餔娘，妹家頭擺開過工廠，卡將講她是有錢人的妹仔[39]，無食過苦，麼个事情全順她。

卡踏、卡踏，阿桃腳骨踏著裁縫車講：「哎呦，一般人兩款命。」右手轉動裁縫車上的圓軸，卡踏、卡踏，「像我，做人家小的，吃穿還要自己賺，妳比我好命啦！我媽跟我說：『早知道妳會給人當小的，當年在船上就該把妳給掐死。』怎麼說呢，不都是命？要認命，日子還是要過，想太多也沒用啦。」阿桃是眷村那裡的人，七歲時和阿爸阿母從大陸到台灣。一隻目珠看毋到，三十歲才嫁分這老公做小的。她老公本來的大房生四個妹仔，無倈仔[40]，才讓老公討二房。阿桃沒有名分，老公卻跟她同住。像她和阿有明明是夫妻，這十幾年來相處的時間，加起來還不夠人家一年。她想走啊，走沒幾日，想到細人，又轉來。

35 屈：彎曲。背囊：背部。
36 正手：右手。
37 遮仔：雨傘。
38 毋盼得：捨不得。
39 妹仔：女兒。
40 倈仔：兒子。

「要認命。」阿桃的聲音在耳邊響起。春梅吸口氣，推開門，看到卡將坐在藤椅上，她行到卡將頭前問好：「卡將，恁早。」

卡將看了一眼春梅手上的行李問：「要走了？」

「係，卡將。」春梅站在旁邊答話。

「東西有帶全無？」卡將仰頭看春梅。

「有。」春梅趕緊將眼光從卡將的頭頂移開，握住行李的雙手捏得更緊。內心默記：一罐醃醬菜、一瓶桔醬，都備好了。全是阿有愛吃的，卡將早講過要提前做好。

「幾時轉？」卡將看著春梅手款一大包行李，有意無意再問一句。

「機票是兩個月的。」春梅恭恭敬敬回答。內心則暗自想，明明一個月前就告訴她，也問過好幾次，出發前又問。

「毋要忘掉細人。」

「知，會遽遽轉。」春梅回完話，還是不敢走，站在原位，不知樣般好。略略仰頭看壁頂時鐘，還有半點鐘就到跟清雲、金蓮講定的時間。

「好了啦，妳也好心兜，問恁多做麼个！」卡桑從廚房走出來，手裡拿著釣竿。

春梅看著幫忙解圍的卡桑。卡桑平日若非賭博，就是釣魚，大事小事全交給卡將決定，從不插嘴多問。今晡日卻幫她講話，讓春梅相當感心[41]。

「阿梅，企著[42]做麼个，要走遽走。」卡桑揮著手，要她快走。

春梅向卡桑卡將彎身道別，彎腰的方向偏卡桑多點。行出家門口，關上木門，經過騎樓，踏上大街。她回身看著這屋，雖然有點毋盼得，還是感覺到一種從沒有過的快樂。

搬進這屋，是阿有到越南三、四年後的事。卡將買下這間街路脣的紅毛泥屋，[43]搬出租來的泥磚屋。春梅還記得，搬走該日，房東七姨婆對卡將講：「阿音，妳命好，有倈仔賣命買屋給妳。」卡將聽了，面色不好看回：「妳知麼个！倨降[44]佢正係賣命。」

這屋不大，在兩條馬路交叉處，呈三角形狀的兩層紅毛泥房。住著卡桑卡將、小叔一家人和沒嫁的小姑。人多屋小，不過比起頭擺住的泥屋，還是好很多。這屋是阿有用命換來的，換給卡將，不是給她。

手款行李，春梅一路走去火車站。這尼龍袋是有次工廠發給員工的過節禮物，做得裝很多東西，因為塞入醬菜和桔醬，顯得有點重。不過，身體卻越行越輕，腳步越跨越

41 感心：感動。
42 企著：站著。
43 路脣：路邊。紅毛泥：水泥。
44 降：生育。

大，心內緊張又歡喜，不敢回頭，驚看到卡將走來喊她別去。

等到火車站在眼前，她才慢下來。喘著氣看著新蓋的火車站，壁面是四方小埕[45]瓷磚，地泥是大理石，兩條長型木椅佇車站大廳中央。派頭雖比不上新竹火車站，那些日本時代留下來的拱形門窗、高塔。但沒要緊，做得讓她離開這地方就好。

春梅站在火車站前等清雲和金蓮，她們辦手續時見過一面。她不時低頭看錶，又抬頭看過路人。十分鐘過去，有台烏色方頭車停到車站前，前座正手車窗搖下，一個細妹的面向她招手：「春梅，拍謝，分妳等恁久！」

春梅同那細妹揮手，往車子處走去，認出她是金蓮。

金蓮和她同樣是客家人，妹家在隔壁村，土肥水清，一分田生產的稻米量是別人的兩倍，質又好，再加上一些祖產，金蓮算是千金小姐，讀書讀到國中畢業。不像她，屋家沒田，從小採茶，只讀過幾日日本學校，日本人就走了。日本話才學幾個詞，國語也講不準。看金蓮，老公是外省人，國語講得恁標準。

「今晡日毋需坐火車。」金蓮下車，走到後車廂，打開車廂對款著行李走來的春梅講：「東西分俚，妳遽上車。」

「承蒙妳。」春梅把行李交分金蓮，只帶隨身皮包。後座車門打開，春梅聞到淡淡的香水味。底背坐著一個吹著時髦長髮的細妹人。

「妳好。我是清雲，沒忘記吧！」細妹人抹上鮮紅唇膏的薄唇，在略暗的車裡一開一闔。

「清雲?!」春梅看傻了。工廠見到時，清雲沒上妝，頭髮又直又長，遠遠看去像學生。今晡日的清雲有化妝，青色眼影、鮮紅唇色和大鬈髮，像熟透發出香味的林果，如明星般亮眼。她身上穿著深藍色合身的旗袍，仔細看，花紋是淺淺的直線與橫線交錯的方格，有讀書人的氣質。春梅想起阿有這麼說過老張的餔娘：「毋要看佢係細妹，有讀過大學，哪毋係打仗，早就畢業做先生。」中學畢業的金蓮已經夠她羨慕，何況讀過大學的清雲？

清雲教人羨慕的不只這個，還有那細瘦的腰枝。阿有提醒過她：「清雲佢兜頭擺逃難个時，肚屎底背个細人沒了，結果做毋得降。到時，毋要問人細人的問題，有聽到無？」春梅低頭看自家生過五個細人的肥厚肚皮，世間任何事情都有代價吧。

金蓮見春梅呆呆看著清雲，清雲被看得不知如何是好，便打趣地說：「不然還能有誰？我們就三個人。」又看一眼前座的駕駛，說：「喔，還有一個人。開車這位是我大

45 埕：塊。

哥，今天剛好有閒，可以載我們去機場。」

「承蒙阿哥。還過來接偓。」春梅說。

「毋需承蒙啦！阿姆不放心金蓮出國，一定要我載她去機場。四十幾歲，阿姆還當她十六歲。」阿哥邊說邊打檔，車子緩緩往火車站右邊行過。

「講這幹嘛啦！」金蓮推了一下阿哥的肩膀，又撒嬌又埋怨地說。春梅欣羨看著他們兄妹，自家阿爸阿姆窮苦，留下唯一的細倈仔和排行老六的么妹。排行老五的她和前面三個阿姊都被賣給人當養女，無緣享受兄妹情。

「第一次坐飛機嗎？」清雲問春梅，聲音溫柔。

「對。」春梅點頭。

「這給妳。」清雲拿出一顆白色藥丸，放在春梅的掌心裡，「防暈機的。」

春梅接過藥丸，一口吞進嘴裡，卻忘了先把水備著，藥丸哽在喉頭。清雲趕緊拿出隨身的水瓶，打開瓶蓋遞給春梅，拍著她的背說：「慢慢喝，別急。」

春梅漲紅著臉，分不清楚因為被藥丸哽住喉頭，還是拍謝。春梅心裡忍不住埋怨阿有，阿有曾和老張相打，左眼烏青敷了整整兩個月的藥酒才退。想到此，春梅看著眼前的清雲，有點不好意思地說：「有件事情，要跟妳說拍謝。頭擺阿有跟老張……」

話還未說完，清雲就開口：「一點點小事，早忘記。」再指了指春梅的喉嚨問：「好些了嗎？」

「好了，好了，沒事。」春梅搖搖手。清雲記得，但不計較，還如此關心她，「還好有妳們共下去，偶說，一起去。不然，偶去不了。偶卡將……」

「沒啥好擔心，西貢不遠的。」清雲以為春梅擔心此行路遠，安慰著說。

春梅對著清雲笑，也沒多做解釋。她一點也不擔心路遠，事實上，那地方越遠越好。她知道阿有很辛苦，但她也很羨慕阿有，可以去那麼遠的地方。如今，她終於要去了，那個只有聽阿有說過，在相片上看過的所在。

春梅記得，有一次阿有帶著照片回來，指著連排的洋房說：「法國人蓋的。」表情好神氣，像屋是他起[46]的一樣。

「阿爸，底背住麼个人？」小玉問。

「偓會知？偓又沒住過。」阿有回答，再指著另一張照片說：「佢兜過年个時，街路會放盡多恁樣个花盆。」人群穿梭在盆栽裡，遠處有一個身掛相機、摟著美女的白人，靠近鏡頭的地方則是一個渾身被一塊布緊緊包圍的外國人，膚色比一般人黑。春梅把照

46 起：蓋。

片拿起來細看，阿有告訴她那是印度人。春梅問，印度在哪裡？阿有沒耐煩地回答：「俚會知？俚又沒去過。」整個晚上，阿有就這樣拿出一張又一張照片，華麗的洋房、擁擠的街道，引來細人一聲又一聲讚歎。那些大城市的美景，在他們的手中傳來傳去。已經忘記這是幾久前的事，只記得，該時阿瑞還在，她沒有出聲，卻看得最認真。

這下，她最操煩的阿瑞不在了。很久一段時間，她只要想起那孩子，心就痛起來。阿瑞從小身體不好，春梅常常把拜神的肉藏點起來，留給阿瑞吃。阿瑞走的時候，春梅感覺自家身上被人割去一塊肉。時間恁快，阿瑞走了多年。該時，屘子剛上小一，這下國中都要畢業。

看向車窗，景色往後走，春梅知道自家正向前行。她從不驚卡將和阿英在背後說她：「做人阿姆還恁愛搞！」她只煩勞[47]細人，阿爸阿姆全無佇屋家，毋知會分人欺負無？

無聲梧桐

飛機抵達胡志明市。下機後，我們一路緊跟著石頭嬸，由她帶領我們出關、領行李。她抱著茵茵走在最前頭，用我聽不懂的越南語講手機，應該是和娘家的人聯絡。我左手牽著小Q，右手拉著阿婆的手肘跟在後頭，石頭叔背著行李殿後。平時對老婆說話不怎麼客氣的石頭叔，現在倒是溫溫順順聽從石頭嬸的安排。我在內心竊笑，這裡可是石頭嬸的地盤。

機場高挑明亮，行人來來往往，從穿著打扮似乎就可以分辨出旅人的身分。比如那個穿西裝、拉著黑色登機箱的，應該是來洽商的商務人士。像石頭嬸這樣全家出動、大包小包扛著走的，八九不離十是返家的。至於背著背包，拖著一件行李，身上穿著輕鬆的，大概是來旅行的。很難想像，一九七五年的春天，北越軍隊曾用炸彈轟炸過此地，有許多人從這裡撤離。更難想像的是，那批人裡包括我的阿公和阿婆。

「阿婆，妳對這機場還有印象無？」我問。

「偃毋記得了，毋過，頭擺較多做兵的。這下，無看到幾个。」阿婆看著四周說。

「妳們不要說客家話啦！我都聽不懂！」小Q嘟嘴抗議。

「我們說，如果睡美人或者白雪公主，都沒等到王子怎麼辦？」我故意逗她。

「才不會，王子會來的。」小Q信誓旦旦看著我。

石頭嬸帶我們到機場外的候車處，等待娘家大哥開車來接我們。一輛黑色廂型車停在我們前面，車窗裡的人揮著手喊著「Em oi」。

「Anh hai！」石頭嬸朝車內的人招手大聲喊著。

Em是妹妹的意思，石頭嬸有時在家裡用越南語跟兩個孩子說話，我在旁邊跟著學了一、兩句。Anh是哥哥，hai是「二」，中文翻起來是二哥，但在越南語裡「Anh hai」指的是大哥。石頭嬸就叫石頭叔Anh hai。這倒滿符合我們家的情況，爸爸很少回來，平時當家的是排行老二的石頭叔。

車裡的人想必是石頭嬸真正的大哥吧！只見他將車停妥後，快步下車，向阿婆和石頭叔打聲招呼，幫忙把行李搬上車。他個頭不高，膚色和石頭嬸一樣是偏深的褐色，由於偏瘦，看起來甚至比石頭嬸年輕些。按輩分，他是父執輩，實際年齡卻大我沒幾歲。

我們一一坐進車內。車子發動，坐在副駕駛座的石頭嬸高聲向大家介紹：「我哥，阿海。」只見阿海靦腆一笑，點了點頭。

「我哥說先到市區吃點東西，再回西寧省。」

就在石頭嬸說話的時候，一股特殊的氣味朝我襲來。剛見到阿海時，我就聞見了。但那時味道被人群、車輛的氣味稀釋，一坐進車裡，味道立即變得集中而濃郁。我往味道散發的源頭望去，從後照鏡的反射，可以看到阿海上半部的臉龐。粗眉大眼、飽滿額頭與旁分的油頭，我幾乎可以確知，那股氣味就是從他的頭髮裡飄散出來的。我之所以會注意到，是因為它與阿公的賓士牌髮油味有點相似。但是，其中似乎還是有些不同。我深吸一口氣，想分辨清楚那細微的差異，阿公的髮油味濃膩得像加了機油的香水，阿海的髮油味卻比較偏水果類的清香。

道路壅塞，車子好不容易進入市區，一幢正在起建的高樓在我眼前。我回過神來，轉頭看看身旁的阿婆是否在休息，發現她正看著窗外，臉幾乎要貼上車窗玻璃。倒是身邊的石頭叔和懷裡的小Q都累得睡著了。

「阿婆，妳伃看麼个？」我看向她那頭的風景。街道上的車輛挨得很近，行人與車交錯穿行，看來混亂，又似乎有套相照不宣的行車法則，至少阿海仍舊一派自在優閒的模樣。

「全變掉了。頭擺無恁多高樓，還有，頭擺个車長長扁扁，有盡多[48]三輪車。」阿婆吞了一口口水，繼續說：「三輪車，妳有看過無？頭前做得載東西，後背有人伃該

48 盡多：很多。

騎……。」

「拜託，老媽，都幾十年了，越南也是會發展的。」沒等阿婆說完，石頭嬸忍不住插嘴道。

「西貢還係恁進步。」阿婆望著窗外的高樓大廈讚歎著。

「西貢啊，現在也叫胡志明市囉。」石頭嬸說。

「胡志明，」阿婆把臉從窗前移開，反覆念了三遍這個名字，問道：「侄有聽過這个人，佢係總統無？」

「算是吧。」石頭嬸低頭看了一下手錶，問：「老媽，會餓嗎？」

「侄還毋會夭[49]，你兜去食，侄想自家去繞繞。」阿婆說。

大家不放心阿婆，商量的結果是石頭叔帶著熟睡的小Q和茵茵在咖啡廳裡休息，其他人則陪著阿婆四處走走。

腳程不快的阿婆，一直走在最前頭，我繃緊神經在一旁牢牢跟著。石頭嬸和大哥邊走邊聊。有時一不小心，人潮就湧入我們之間。我緊勾阿婆的臂膀，向後頭觀望，深怕就這麼走散了。

但是，除了我以外，似乎沒有人感到不安。石頭嬸這幾年經常往返台灣與越南，胡志明市是必經的地方。阿海近年都在胡志明市市郊的鞋廠工作，阿婆四十年前也來過此地。我們四人之中，只有我第一次來這裡。受小玉姑姑所託看顧阿婆的我，現在倒像童年時候，一路跟在阿婆身後。阿婆從大街繞進巷子裡，巷子裡還有巷子，接著，又從另一端繞出來，竟回到同一條大馬路。我不禁懷疑起，難道阿婆還識得這裡的大街小巷？

阿婆在一排老洋樓前停下腳步。這連排樓房大約有三層樓高，二、三樓分別有四扇細長型的玻璃窗，有些推開，有些關上。玻璃窗下大部分掛著招牌，有的是英文，有的是越南文，它們都是由羅馬字組成，不同的是，越南文還加上聲調與標點。沒掛上招牌的樓房裸露出老舊的橢圓形欄杆。每棟牆面都塗滿不同顏色，粉紅、銘黃、淡藍、淺綠，又添了幾分活潑。

阿婆一屁股坐在洋樓前的花台上，大概是腿腳痠了。我坐在她的身邊，把肩上的背包卸下，揉揉痠痛的頸肩。石頭嬸和阿海則坐在隔壁樓房前的花台上，繼續聊著。這裡與對街，每兩、三間樓房前就種著一棵梧桐樹，它們比樓房還高，綠葉盛天。

「你阿公頭擺做事的工廠頭前，也有梧桐樹。」阿婆說。

我從來沒有見過這麼高大的梧桐樹，想起高中時曾背過一首溫庭筠寫的詞：「梧桐樹，三更雨，不道離情正苦。一葉葉，一聲聲，空階滴到明。」

「妳念該麼个？」

「頭擺背過的詩，堵好寫到梧桐樹，先生講係寫相思。」說完，一片梧桐葉便飄落在眼前，葉面不小，但落地時沒有任何聲音。

「老媽，天快暗，該回去了。」石頭嬸從一旁走來。

阿海帶著我們走大路，差不多二十分鐘左右，就走回原來的咖啡館。阿海先去開車，石頭嬸和我進咖啡館找人。只見石頭叔坐在窗邊角落的位置，低頭滑著手機，懷裡抱著熟睡的茵茵，沒有發現我們來了。小Q則側躺在椅子上，頭上墊著石頭叔的外套。

「Anh hai，」石頭嬸輕聲叫著，「走囉。」

石頭叔抱著茵茵起身，石頭嬸橫抱起小Q，長得過大的孩子橫躺父母的手中，沉甸甸的重量讓他們走得有些吃力。

我們坐上阿海的車，小Q因為幾番移動而醒來，揉著眼問：「這是哪裡？」

「找個地方吃飯，然後回 bà ngoại 家。」石頭嬸轉頭對小Q說。

「佴想，」阿婆開口：「佴毋要去好了，恁久沒來，想佇這位搞幾日。阿玲陪佴就好。」

「好啦，沒關係。」石頭嬸出乎我意料平靜地說。我本來以為，她至少會抱怨一聲說：「老媽，妳怎麼每次都這樣變來變去！」但是，石頭嬸反而很快接受阿婆的提議，並向阿海解釋阿婆的想法。

阿海果然熟門熟路，很快訂到一間位於第一郡的旅館。聽石頭嬸說，旅館值班的櫃台是阿海的小學同學，叫做阿廉。阿婆沿路不斷向阿海說「感恩」，正在開車前往旅館的阿海，點著頭，整張臉漲紅了起來。

「阿玲，就麻煩妳陪阿婆，妳石頭叔好幾年沒回去我們那裡，過兩天他來跟妳們會合。」石頭嬸說。

「沒問題，我看阿婆很熟的樣子。」我說。石頭嬸知道我在說剛剛的事，便笑了出來。

石頭嬸怕我們不會點餐，在搖搖晃晃的車上，用茵茵的背當作桌子，寫了一張字卡給我，列了一串食物的中越文對照：**phở bò** 牛肉河粉、**phở gà** 雞肉河粉、**chả giò chiên** 炸春卷、**bánh mì kẹp thịt** 法國麵包夾肉。這些食物我們在家裡都吃過，但沒想過該怎麼說。字卡上的越南文流暢地像在跳舞般，中文字則全往右傾斜，像個跌倒的人，還夾雜幾個明顯的錯字。無論如何，這幾天吃飯都得靠這張字卡，我把它夾入記事本裡，小心收妥。

「坐計程車時小心一點，請阿廉幫你們叫車。」石頭嬸吩咐著，「有什麼問題就打電話給我。」

「好，好。不要擔心。OK的。」我告訴石頭嬸，也對自己說。老實說，我對接下來幾天該去哪裡，毫無頭緒。說不擔心是欺人欺己。

旅館位在大馬路旁，這條馬路通向一個大圓環。馬路旁大多是兩層樓的房子，旅館位在二樓，一樓是咖啡店。旅館全是玻璃透明門窗，玻璃上有粉紅色霓虹燈管排成「Hotel」的字樣，非常醒目。阿海把車子停在路邊，帶我到旅館裡登記，順道跟阿廉打聲招呼。

阿海本來想帶我們去一間有名的河粉店，阿婆卻說想吃飯。我們便在旅館附近的一間小餐館，吃了豬肉飯。一碗菜湯、一片肉、幾片小黃瓜，解決了一餐。

吃過飯後，阿海說要先載我們去旅館，再回西寧省。但阿婆說自己吃太飽，想散散步。我猜，阿婆一定也累了，只是怕石頭嬸太晚回到西寧省，催促他們盡快出發。回到旅館時，阿廉已經下班，櫃台裡是個年輕的女孩，我拿出鑰匙，跟著她走到旅館後方的房間。

房間陳設簡單，中間一張雙人床，右邊是梳妝台，左邊是洗手間，靠牆處則放著木頭的衣櫃。阿婆和我先後洗過澡，躺在床上。

「阿婆，會㤉[50]無？」我按摩著她雙腿問。

「出來搞，仰會㤔？」阿婆閉著眼睛回答我。但我卻覺得有點累了，想著往後還有四天，不知道該如何度過。我果然不是出來玩的料。

「稍早想去哪位？」我問。

「海脣[51]。」阿婆回答得很俐落，像早已打定主意要去。

等我想問該怎麼去時，已聽見阿婆的打呼聲。她一定累壞了吧，長年居住小鎮的她，很少遠行，也很久沒走這麼長的路。而明明也累得要死的我，卻翻來覆去睡不著，只好打開電視機，把聲音調至最低，反正聽不懂，就當打發時間。剛好轉到新聞台，女主播口中喃喃唸著我聽不懂也聽不見的長串語句。正當我準備轉台時，螢幕出現可樂廣告鮮明的紅色標誌。那圖案讓我想起家裡經營西貢牛排館時，屋後老是疊著一箱箱玻璃瓶裝的可樂，說是要賣給客人，其實大部分都被阿公喝掉了。阿婆每次看到阿公又喝可樂，就會念他：「你蟻公喔！恁甜的東西毋好食恁多哪！」

我把聲音往上調一兩格，雖然聽不懂記者說些什麼，但搭配著螢幕上出現的畫面，

50 㤔：累。
51 海脣：海邊。

約略可以捕捉一些訊息。連排新建的現代廠房，指的是可樂公司在越南增建廠房。畫面轉換到幾個孩子的笑臉，他們身上穿著紅色上衣，胸前不是黃色星星，而是白色流線型的「Coke」字樣，應該是播報這間大公司兼做公益行善的消息。我不禁想，現在的胡志明市，和從前的西貢，到底有什麼不同呢？像可樂這樣的大公司，還是在這裡製造、販賣，彷彿從沒離開過。真的離開的，大約只有像我阿公這樣覓糖而來的「蟻公」吧。

突然，一張幻燈片閃現在我腦海裡。我立刻打開隨身背包，拿出信封袋裡的幻燈片，將它們往床上倒下。對著床頭的光源，找尋那似曾相識的印跡。是這一張，其中一個短鬈髮的女人，站在水泥牆前的背影。牆上彎彎曲曲的線條，正是剛才電視機裡孩子身上衣服的字樣。床頭燈照映下，幻燈片上的女人，與眼前已經熟睡、側身向外的阿婆，身影重疊。我把幻燈片的方向調整，比對著眼前熟睡的阿婆。我很久沒有那麼仔細看她，曾經烏黑的頭髮已經全成銀絲，肚腹比從前更大且塌陷，像個大布袋般倚著身體。幻燈片裡的女人身形豐滿，但仍比阿婆瘦一些，而她身上穿著條紋相間的襯衫，不就是那天在衣櫃裡發現的那件衣服嗎？

第一頓飯

從沒出過國的春梅，跟著清雲和金蓮入關、登機，發現這些程序沒有想像中困難。倒是真正坐上飛機，仍難免緊張，她想問身邊的金蓮會驚無？卻見到她微微顫抖，緊抓裙襬，裙上的白花圖案就像快被擠出汁液來。春梅伸手握住金蓮僵硬的手，說：「莫驚。」

前座窗戶邊的清雲轉頭安慰：「噴射機很快的，三、四個小時就到。」

死也很快吧，雖然不吉利，但春梅忍不住這樣想。此時，飛機窗旁恰巧有片白雲飄過，吸引春梅的目光。白雲下方，還做得見到地面上的稻田、逐漸縮小的房子。飛機往上攀升，直到縮小的景物完全不見，剩下白茫茫一片。

春梅才覺得飛機逐漸平穩，打算閉上眼休息一會兒，機身竟開始上上下下搖晃。金蓮先是叫了一聲「啊」，再是像細人哭起來。春梅一手抱著金蓮，一手抓著脖子上掛戴的媽祖廟求來的綮[52]，心中默念「南無觀世音菩薩」。從二十歲嫁給阿有到現在，這世人沒有比此時更想見到他。幾分鐘後，飛機終於重新恢復穩定。本想補眠的春梅不打算睡了，驚就這麼死在夢裡。

她們先到香港，再從香港轉機，折騰了四、五個小時，總算抵達西貢。飛機飛過廣闊的河岸、稻田、房子，逐漸下降。機身接觸地面輕微搖晃，一路往前滑去，機艙裡人人鼓掌。窗外較遠處，春梅看見三架較小台的飛機，前端如鳥的嘴巴長又尖，有股殺氣騰騰的氣勢，機尾頂有幾顆星星。她記得很小的時候，看過類似的尖嘴飛機，低低滑過天空。她從沒見過恁靚的東西。後來，聽大人們說，新竹空軍基地被美國軍機轟炸，死了好多人。她才知，原來靚的東西也會傷人。

「該係軍機無？」春梅問。

金蓮把頭望向窗邊：「有可能喔。」清雲往窗外看了一眼，沒有說話。

金蓮見清雲不感興趣的樣子，對春梅說：「管佢係軍機無，反正這下到了，𠊎等下一定要先去食東西！」

春梅看滿面歡喜的金蓮，不久前，還一副愁容慘面的模樣。不禁想，阿有頭一擺搭飛機一定盡驚，無定[53]還抓著老張的手哭呢。想到阿有哭得像個細人，就覺得途中發生的短暫亂流，其實一點也不可怕。但也忍不住心疼起阿有來，恁多年，搭飛機恁多擺，想是遇過更可怕的狀況吧。

她們隨著人潮先領行李。三人走在一起時，通常是金蓮走在中央，一落地，金蓮恢復活潑性格，一路說個不停。春梅則好奇地望著四周，有時走在兩人的後頭。看著這新奇事物的春梅，不忘緊盯著清雲。她長得高挑，長髮髮夠醒目，春梅便以她為目標，免得看著看著就跟丟了。

這機場寬敞明亮，和台灣機場最大的不同，就是來往穿梭各種各樣的人。白皮膚的、黑皮膚的、棕色皮膚的，來自世界各地。那些打扮得光鮮亮麗的，可能是來旅行的，也可能是來工作的。還有許多穿軍服的人，春梅盡量避開不去瞧，但因為人數太多，有時不免看到一、兩眼。

領過行李，三人往出關的方向走去。

「你們猜，等下誰來接我們？」金蓮問。

「不可能是阿有。」春梅曉得今日是上班日，從不曠職的阿有，絕不會為了接她，請假跑機場一趟。

「那老張呢？」

清雲搖搖頭，開玩笑似地說：「別問我，那男人做什麼，我可搞不清楚。」話說完，三個女人都笑了。

52 綦：護身符。

53 無定：不一定。

出關的人不少，隔著半人身高的圍欄，許多人擠在那裡高舉牌子，牌子上有越南文、英文、日文，也有寫中文的。清雲和金蓮推著行李，仔細看著舉牌的人。春梅則跟在後頭，四處張望。

「清雲！」

她們往聲音處望去，只見一個梳著旁分油頭的高大男人，向她們揮手。

「是鐵夫。」清雲向兩位同伴說，推著行李快步走到出口。男人小跑步迎來，兩人相擁。

金蓮對春梅說：「行慢兜。」她們緩步往相擁的兩人走去，讓清雲夫妻有時間相處。

清雲察覺金蓮和春梅走來身邊，鬆開手輕聲說：「伊來了。」

老張立刻向兩位女人鞠躬，嘴上說：「有失遠迎。」逗得在場的人都笑了。春梅打量著老張，他跟阿有同樣穿著一身白衫、西裝褲。不同的是，老張胸前第一、二顆扣子敞開，阿有則不管多熱，最多只解開一個扣子。還有，老張胸前的口袋掛著太陽眼鏡，該東西，阿有大概也不敢掛吧。

「老張，好久不見呀！還是你最疼老婆！」金蓮說。

「清雲呀，可聽見，這可是別人說的。」老張故意提高音量說話。

只見清雲瞪了他一眼說：「我看，你是偷懶吧！」

「真是知鐵夫，莫若清雲。」老張一面說，一面舉起手指向清雲。見清雲不理他，清了清喉嚨說：「是這樣的，有架機器早上出問題，王森和阿有正在處理，趕不來，由我來接三位。」

「承蒙。」春梅說。

「人在異鄉，本來都得互相照顧。不用客氣！跟我來！」老張說完勾起清雲的手往前走，金蓮和春梅在後頭。一行人走到機場外的候車處，老張請大家稍後，他到停車場把車開過來。大約十來分鐘，一輛淺藍色長形方頭車停在她們跟前，車頭車尾都有磨損的痕跡。坐在駕駛座的老張下車，臉上多了太陽眼鏡，日頭不大，老張的太陽眼鏡不像用來遮蔽日頭，倒像用來吸引目光的。鼻梁高挺、臉型瘦長的老張，掛上太陽眼鏡，像個電影明星。他把後車廂打開，一一接過三人的行李，金蓮和春梅自動坐在後座，騰出駕駛座旁的位置給清雲。

「老張，你的車？」金蓮問。

老張發動引擎，說：「工廠的。我的錢可都壓在新廠房啦！哪有閒錢買車？」

一路上，老張和清雲夫妻敘舊，金蓮和春梅偶爾穿插幾句，大多數時間都看著窗外。車窗全開著，風徐徐吹來，西貢氣溫舒爽，不若新竹春寒多雨。正當春梅沉浸在暖和的春風裡，遠處天空有架直升機，像老鷹般，盤旋上空，像在尋找獵物般，隨時要俯衝而下。天氣仍舊溫暖，春梅心底卻透著一股寒意。她盡量不望向天空，低下頭來看路邊景色，原只有單調的馬路與車輛，漸漸地房屋越來越密集，馬路兩側立著整排梧桐樹。

「恁多梧桐樹。」春梅從阿有帶回的照片看過，她記得這些樹的名字。

「你知道梧桐？我老家上海也很多。」清雲轉頭看著春梅笑。

「難怪！我就覺得西貢親切，原來是像老家。」老張在一旁附和，接著說：「不知道有沒有機會，帶妳們上我老家去，那裡可不輸西貢啊！」

車子沿著河岸開，左邊是河，河裡有貨船在行駛，右側是整排的房子。迎面而來一幢白色的雙層樓房，吸引春梅的注意。二樓陽台有圓柱形欄杆，欄杆後是百葉門窗。陽台上有一個金髮細俫、一個黑髮的細妹，還有一個大約四、五歲的細人，他們全穿著白色衫褲，細人穿著洋裝。屋靚，人靚，像電影。春梅不禁想，底背的人過仰般的生活？

從河岸轉入馬路，這裡的房子有點不同，上頭招牌有許多中文字，人潮更擁擠，車子半停半走。春梅索性認起字來，那間酒樓有「玉」字，這間布行是「大」字，還有廟旁的金香店上的「金」。經過人車擁擠的市區，車子繼續往前開，四周的矮木叢多了，路變小條，車子相對也少了許多，反而行得更順。離開市區約半小時車程，車停在連排白色水泥平房旁。

「太太們，宿舍到了。」老張說完，打開車門到後車廂將太太們的行李搬下車。領著大夥兒到其中一間平房前，大門進去左邊是廁所與盥洗室，右邊是進入房間的木門，老張掏出一把鑰匙，把門打開，說：「這段時間委屈大家擠擠了。」

宿舍入門處接連擺了幾盆盆栽，它們筆直的形成一條直線，將左邊的桌椅隔開。四張木桌湊合在一起，形成一張大桌，又擺了六張附有靠背的木椅子，支架是鐵製的，椅背和椅面是淺色的木頭。這張大桌由他們三個男人各自占據一塊地方。靠近牆面的，是三張鐵製的床，鋪上涼蓆、枕頭和薄被，上頭有一塊白紗帳。每張床之間以一個木製衣櫃隔著，只有中間的那個衣櫃上，擺著一小台電視機。

「我睡最外邊，阿有的在中間，老王的床在最內側。我先趕回工廠去。晚點回來，一道吃晚餐。」老張沒有進屋，站在門口說，將一支鑰匙放在門邊木桌上，房門反鎖後，輕輕關上。

老張走後，她們打開行李收拾，有的放進衣櫥，有的掛在床邊。她們一面整理，一面聊天。

「這張最亂，一定是阿有的。」春梅指著最靠近床的桌子，對同房間的其他女眷說。那張桌面嚴格說來不是亂，就是東西多了一些，杯子、口琴、幾本書和一疊報紙占去桌面的大半。

「老王的是這張吧。」金蓮走到春梅旁，指著中間的桌子說。桌面上有一個硯台、一支乾掉的毛筆。金蓮拿起毛筆，往外頭的洗手槽去。外頭響起水龍頭傾洩而下的嘩嘩水聲。

「這魚缸是誰的？」清雲像發現新事物般，站在窗台邊問。窗外能看見對面的梧桐樹，窗邊茶几上則放著一個魚缸。裡頭有兩尾紅魚，顏色較暗的那尾肚子鼓脹著，看起來是懷孕了。

金蓮恰好拿著洗淨毛筆走進房內，便回道：「不會是老王，他幾年前養過一隻狗，死的時候難過了好久，從此就怕了。」

清雲喃喃地說：「鐵夫向來最怕麻煩了，但，誰知呢？每次問他什麼，從沒老實告訴我。」

即使清雲的話說得很小聲，但春梅聽得出她語氣裡的懷疑和不悅。春梅沒有回話，但她明白清雲的心情。老公在外面那麼多年，難保證不曾發生過什麼事，難保證不會遇到其他細妹。這些，她們不會知道。她們知道的，還是他們頭擺的樣子。

傍晚，天還微亮。老張、老王和阿有一行人從工廠回來，開門的聲響打破宿舍的寂靜。

「回來啦！」是清雲的聲音。

「是呀，機器出狀況，耽擱了一下。等等換好衣服，一起去吃飯。」老張走到床邊，對坐起身的清雲說。

阿有走到春梅床邊，春梅自窗外透進的光，看見阿有身上白汗衫的幾處汙漬。兩個月不見，在他鄉相逢，阿有生疏得像不認識的人。

等細倈人全換上乾淨的白汗衫後，一行人便一起走出宿舍。西貢的暗夜微涼，散起步來相當舒爽。老張緊勾著清雲的手走在最前頭，老王則是輕輕牽著金蓮的手。只有阿有走在春梅前頭。春梅在心底暗想，果然老公要嫁外省人。這時心頭突然浮現一個身影，她轉頭看了阿有的背影一眼，就怕他也看見了她藏在心底的那人。

阿有不停往前走，約莫十分鐘後，才像想起什麼般，轉頭問春梅：「腳骨會軟無？」春梅聽見阿有關心自己，露出笑容，搖搖頭說：「哪會？正行這點路。」

離市區有段距離的緣故，一路上，只有少數幾盞路燈，也不見其他行人與車輛。透過路燈，春梅望向四周，又粗又大的電線錯織在上頭，穿過前方的隧道。

「到了，到了。」老張站在隧道的另一端喊著。

「再不到，我也走不動啦！」金蓮在後頭念到。

吃飯的地方就位在隧道旁的一個半洞穴裡，幾個黃燈泡打亮掛在洞穴內側。洞穴上方被許多橫生的雜草遮蔽住了，看起來很隱密。地上擺放七、八張紅色塑膠矮桌，半數都坐滿了人。老張找了張乾淨的桌子，帶大家坐下。

「Sáu người！」老張伸出右手的拇指和小指，比出「六」。

春梅注意到老張的右手拇指斷了一截。她皺了皺眉頭，只因想起一段往事。該當時，她挺著孕肚在菜園裡拔草，鄰居通知阿有受傷了，焦急趕到醫院，才發現搞錯了，受傷的是同工廠的另一個也叫做「阿有」的工人。他躺在病床上，瘦夾夾的身體毫無血色，右手全被包紮起來，聽說斷了兩根手指頭，姆指當場被機器壓爛，食指給醫生接了回去。餔娘在一旁哭著說，一家六口全靠他那份薪水。春梅看到床上躺的不是她的阿有時，鬆了一口氣。剛離開幾步又折返，掏出私房錢遞給那可憐的細妹人。聽阿有講，另一個「阿有」沒再回到紡織廠上班。

春梅不自覺盯著老張的斷指，眼前愛開玩笑、像條湖鰍仔滑溜溜的老張，不知道曾經遭遇到怎樣的事？

過了十分鐘，頭家端來一鍋熱湯、盤裝的青菜豆腐鮮魚和豬肉。老王把這些食材一一下鍋，又幫忙大家盛湯，當然，第一碗是放在金蓮前頭。春梅輕吹碗裡燙口的熱湯，啜一口，湯頭既酸又甜。春梅拿起湯勺裝盛，順便看火鍋底背放麼个東西，剖半的小番茄、切片的林果，還有放在一旁隨時可以添加的檸檬。吸了一大口冬粉，好食是好食，卻覺得少點麼个。啊，是米飯。白白幼幼的白米飯，沒麼个味道的白米飯。春梅沒想到，到越南的第一餐，她竟然只想食一口飯。

「本來想帶你們去城裡吃，但是到了晚上，往城裡的路不安全。聽說，有越共帶著炸彈混進來……」老張故意用嚇人的表情說道。

「你別嚇人，女人家不懂這事，都被你給嚇著了。」老王看著被老張嚇得面無血色的金蓮心疼道。

「怎麼不懂，這些炸彈從小跟著我長大。」清雲不帶一絲表情說。

被嚇得放下筷子的金蓮聽了話，笑出聲來，又繼續吃著。不只金蓮，幾乎大家都笑了。除了阿有，打從一見到面，眉頭就沒有放鬆過。

「你看，我們那批機器有沒有問題？」阿有遲疑了一會，向老張問道。

「沒問題，有老美在。」老張拍拍胸脯，就像是「老美」的代言人。

春梅看著他們一來一往討論紡織機的型號、進港日期，感到沒意思，又不想陪金蓮聊細人，起身四處走動。她走近灶下，幾張桌子圍繞著頭家和頭家娘，上頭擺滿洗好的蔬菜、待切的水果。頭家彎身在裡頭，用一個大水缸，舀水洗菜；綁著頭巾的頭家娘則用一個大勺子，攪動一個大鐵鍋熬湯，額頭冒出大顆的汗珠。這種熱氣蒸騰的感覺，春梅很熟悉。她想起細人，毋知佢兜食飯了無？嫁分阿有，卡將就無煮過飯。毋知暗晡煮麼个菜？細人食有慣無？

海的兩端

我剛剛做了一個夢，夢見自己像小時候一樣，坐在海邊畫畫，等待撿石頭的阿公回頭來找我。突然，一陣大浪朝我撲來，嘩啦啦，把我淹沒。我驚醒時，發現阿婆不在床上，正想起身找她，就聽見浴室傳來陣陣水聲。原來，夢裡清晰的浪濤聲，是阿婆刷牙洗臉的聲音。

阿婆從浴室走出來，見我醒來，便問：「要出去行行無？」

「毋係要去海脣？」

「這下還恁早，先去脣頭行行。」阿婆說完，背起她隨身的黑色皮包。

我趕緊梳洗完畢，和阿婆沿著旅館旁的街道，順著人流走，竟遇見人聲鼎沸的菜市場。從市場入口看去，遮陽傘高低錯落，底下有攤家與人群，熱鬧而擁擠。街道邊大多是水果攤，一攤連著一攤，顧攤的有男有女，水果用淺碟大圓盤裝著。有帶葉的橘子、橢圓深綠色的西瓜，還有比台灣大顆的荔枝，也有一些我叫不出名字的。往裡頭走，才知道街路邊還連著一個室內市場，外圍有一間間小店鋪，靠近街道那一面全是布行。阿婆被五顏六色的布料吸引，拉著我走進其中一間布行。

她摸著其中一塊布，對我說：「阿玲，做新衫好無？」

「做麼个衫？」我不解地望著她。

「越南長衫啊。妳阿公頭擺最愛看越南細妹著長衫。」

阿婆的話讓我想起幻燈片裡的長髮女人，她身上那套合身的長衣，應該就是阿婆口裡的「長衫」了。

「偃正毋要，平時又著毋到。」我難以想像那身緊得不得了的衣服，套在我身上的模樣。況且還要花錢。

「阿婆出錢，著著看啦。」阿婆說。

店裡的老闆是個年約五、六十歲的女人，她聽見我們的談話，起身招呼：「沒穿過 áo dài，試試看啊。」雖然她的華語帶著特殊的腔調，但在異地遇見能夠說華語的人，還是讓人感到親切。

阿婆聽見老闆說華語，立刻把我推進店裡，要老闆替我量身。老闆拿起一條軟尺走近我，我雖然覺得不好意思，卻不知該如何拒絕，只能瞪阿婆一眼，乖乖舉起雙手。不習慣讓陌生人接觸身體的我，需要買內衣時，就到市場內賣內衣的攤位，拿件差不多尺寸的內衣付錢就離開。為了避免受到矚目或陌生的接觸，寧可買大，絕不試穿。這方法我一直用到現在。但此刻，老闆離我非常近，軟尺繞過我的胸前、腰間與臀圍，我聞見她鬈髮裡的香氣，還有呼吸時吞吐的熱氣。

老闆專注地替我量身，阿婆看著我們沒有說話，小小的店鋪頓時安靜下來。儘管外頭人聲吵雜，店鋪裡倒是自成一個天地。因為這短暫的沉默，我聽見一陣歌聲從地面傳來，原來是靠牆處擺著一台收音機。仔細一聽，女人低沉的嗓音唱著：

花落水流，春去無蹤，只剩下遍地醉人東風
桃花時節，露滴梧桐，那正是深閨話長情濃
青春一去，永不重逢，海角天涯，無影無蹤
燕飛蝶舞，各飛西東，滿眼是春色，酥人心胸
花落水流，春去無蹤，只剩下遍地醉人東風
桃花時節，露滴梧桐，那正是深閨話長情濃
青春一去，永不重逢，海角天涯，無影無蹤
斷無消息，石榴殷紅，卻偏是昨夜，魂縈舊夢

這首歌的旋律很熟悉，小時候曾聽阿婆唱過，不會唱中文歌的她，獨獨會唱這一首。但她記不得歌詞，永遠只有開頭的兩句，接著就哼著曲調。這還是我第一次這麼完整地聽見這首歌。

「這是什麼歌？」我問。

「妳說這歌啊，白光的〈魂縈舊夢〉啊！我小的時候，還跟阿爺聽過她現場唱呢。」

「阿姨，妳是華人？」

「我阿爺廣東來的。在家鄉做中國旗袍，來這就做越南旗袍。道理差不多。」阿姨用粉餅在阿婆挑好的白色雪紡布上註記，並遞給我們一張收據，說：「好了，三日得攞。」

「三日後來拿。」阿婆把訂金交給阿姨，確認般說。

阿姨笑著回答：「三日冇問題，包在我身！」說完，還拍了拍胸脯。

回到旅館，我向阿廉確認最近的海邊是個叫頭頓的地方，本來以為不遠，一問才知道來回可能就要花上五、六小時。最好的方式是在頭頓住一晚，但我們待在胡志明市的時間不長，討論之後決定雇一台計程車當天往返。

計程車很快就到了旅館門口，司機穿著短袖的白襯衫、西裝褲，年紀看來約二十出頭。我們上車後，阿廉向司機叮嚀幾句。一路上，除了停車上廁所外，沒有多做停留。時睡時醒，從繁華的市區到空曠的郊區，一片蔚藍的海終於現身。不算高的山包圍著海，海面在太陽照射下閃閃發光。我拿著手錶指著四點，請他四點在同個地方等我們。他點頭，開車離開。

阿婆和我走下海灣，只見海邊停靠幾艘小船，沙灘上有連排的遮陽傘，許多穿著比基尼的女人在躺椅上曬日光浴。

「無麼个變。」阿婆指著遠方海與天的連接處對我說。

我想起早上的夢。小時候的新豐海邊沒有像頭頓這麼熱鬧、觀光化，沙灘也沒有這麼白，不過遠方的海倒是長得差不多。

我聞到一陣豆香，一個挑著擔子的中年婦女經過我們眼前。旁邊一位大叔招手，大媽走近打開擔子，裡頭是一個鋁製湯鍋，裡頭全是米白色的豆花。她先用長柄湯匙在碗裡裝上豆花，再打開另一邊擔子，舀一匙糖水。只有吃些法國麵包的我們，買了兩碗，一人端著一碗，配著海風吃，這還是第一次在海邊吃豆花，覺得非常新鮮。新豐海邊旁有一、兩台得力卡，老闆娘在車上烤香腸、玉米，阿公從來都不准我吃，說那東西髒。車子旁放著一個藍色的保溫箱，裡頭裝滿冰塊和水，罐裝飲料沉在裡頭。阿公心情好時，會買罐舒跑給我，自己則喝可樂。我們坐在摩托車上，邊喝邊看遠方的海浪，一波接著一波。

此刻坐在頭頓海邊的我，望著眼前的海浪，總覺得在海的另一端，有人正望向我。他們是七、八歲的我和健壯的阿公，在海的另一邊，過去不會消失，也不會有死亡。在海風裡，我聞到舒跑飲料的香氣。海另一邊的那個我，喝完舒跑後，會被阿公用老舊摩托車，載回那幢九重葛盛開的水泥房子。那個叫做「家」的地方。

「正到西貢該時，俚兜來過一擺這位。」阿婆說，手指著遠方的海：「清雲、金蓮還有俚著泅水个衫，伫海脣攝像。俚記得係妳阿公攝的，老張、老王伫俚兜旁脣。該張相片毋知走哪位去？」

「你兜共下來喔？」我望著眼前茫茫大海，想像著那張照片的樣子。

「係啊，佢兜逐日伫工廠沒閒，俚兜就該擺有共下出去搞。」阿婆看了背後連排旅館說：「該時，妳阿公和俚講，工廠有賺錢，就要伫海脣蓋屋，接細人共下來住。俚和佢講，待海脣逐日吹海風，俚正毋要。」我猜，在那旅館住一個晚上想必要花不少錢吧。一陣海風吹來，把阿婆的頭髮吹亂，我用手把她的頭髮往旁邊撥。發現她的鼻頭又圓又小，挺可愛的，以前竟未曾注意過。

「阿婆，妳鼻空圓圓，盡有財喔。」

「係啊，妳阿公講過，俚鼻空和下胲最好看。[54]」阿婆把下巴輕輕仰起對我說。

我看著阿婆有點肉的下巴，想起自己和小Q差不多大時，也曾著迷童話故事，最愛畫各式各樣的公主。她們的共通點是下巴一定要尖、脖子又細又長。阿公有次見到搖

54 鼻空：鼻子。下胲：下巴。

頭說：「哪有面恁尖个人？下胲要有點肉正好看。」原來，他口中下巴有點肉的女人，就是阿婆啊。

「不好意思，剛聽到妳們說話，是台灣來的？」一個年約六十、身穿連身深藍色運動裝，腳下踏著一雙夾角拖鞋的大叔，走近我們問道。

「對啊。」阿婆說：「你也是？」

大叔蹲在我們旁邊說：「我台南人。」

「來越南玩？」阿婆問。

「沒那麼好命啦，來工作的。公司在邊和市，離胡志明市差不多三十公里。趁假日來海邊走走。」大叔笑著說。

「你做什麼頭路？」阿婆又問。

「紡織廠，台灣來越南設的廠。」

「恁堵好！偶老公四十幾年前，也在這裡的紡織廠工作。」阿婆說。

「原來是老前輩呀！」

「你來幾年了？」阿婆問。

「我來九年囉，時間真是快。」

「偶老公在這做十一年。」阿婆伸出兩隻手的食指，比出11這個數字。

「哎，我還不知道要繼續待多少年？」大叔苦笑。

「是啦，離屋家恁遠，很辛苦。」阿婆安慰道。

「說出來不怕您笑，我離婚了。小孩也大了，有自己的生活。」

「哎，沒要緊，你還年輕。」阿婆說。

大叔指著自己半白的頭髮說：「您愛說笑，老了啦。不過，您不簡單，在台灣等丈夫等了十一年。」

「我是沒奈何。沒奈何。」阿婆笑說。

阿婆的無可奈何，我一直都是知道的。但看她笑著向一個陌生人說時，無可奈何的感覺更為深刻。

蹲在阿婆身邊的大叔也有他的無奈吧。我注意到，他習慣一面說話，一面用手順一順略禿的頭毛。雖然穿著運動服，但他的頭髮有條不紊，旁分梳齊，油油亮亮。即使如此，髮絲還是敵不過海風，不時揚起。在鹹膩的海風中，我依稀聞到熟悉的髮油味。但由於髮油味和海風混為一體，不確定是從大叔的頭髮傳來，還是又是阿公的味道跑來找我。

不過，看久了，大叔皺著眉頭說話的樣子，和阿公眞有幾分相似。不同的是，大叔的右手中指上戴著一個玉戒指，阿公因為工作需要拆卸機械，除了手錶外，身上從不掛多餘的東西。

他們寒暄一陣後，大叔向我們道別，走往岸上的旅館。他的肩膀很寬闊，背卻微駝，在人來人往的頭頓海灘，那背影顯得分外孤單。

我們坐了一會，阿婆起身，把鞋子脫了，拎在手上，往海走去。我跟在她身後，隨她沿著沙灘與海的邊界走。海浪來了又退，拂過我們的腳掌，走過的腳印全被海水撫平，只留下些許沙粒，夾雜在腳縫間。

我看見遠方有女人穿著越南長衫在拍照，看那陣仗，那女人應該是個模特兒或明星。我不禁想起早上做長衫的事，怎麼想都覺得不需要花那筆錢，便問：「阿婆，做麼个一定要我做該衫？」

「偓頭擺來該時，也有去做恁樣个衫，結果來毋掣[55]去拿。」阿婆看著海灘上穿著長衫的女子說。我沒有再多問，反正訂金都付了，阿婆開心就好。

在海灘待了一個多小時，我們搭計程車回旅館。回程時，幾乎沒說什麼話，聽著車內播放的越南歌曲，望著窗外逐漸暗下的風景。直到天色全暗，車子才慢慢駛進市區，街上的燈光令人目眩。到旅館時，一照鏡子才發現，我齊肩的頭髮沾惹海風，變成像米苔目般一條一條，夾滿細沙。阿婆的樣子也好不到哪裡去，鬈髮成亂髮，肩上也帶著些許細沙。

「阿婆，佢兜帶沙子轉來了。」我說。

她從行李袋裡拿出換洗的衣物，看著我說：「共下洗身啊。」

「蛤？」我嚇了一跳。國小高年級以後，就沒有再和她一起洗過澡。

阿婆就這麼在我面前把衣服脫下，花衣下有一件背心，背心裡是一件大胸罩。她的一雙巨乳裸露出來，彎腰脫去外褲時，乳房垂到腰間。

「看麼个？還毋遽脫衫！」阿婆說。

我只好儘速把身上的衣物脫去，跟在阿婆後頭走進浴室裡。裡頭已經氤氳一片，阿婆向來洗極熱的水，這時候這層白色煙霧恰好給我一絲安全感。她把蓮蓬頭遞給我，拿洗手皂塗抹身體，雖然有沐浴乳，但她從來不喜歡那玩意。熱水與香皂的氣味，把小時候和她一起洗澡的記憶叫喚出來。我拿起肥皂擦著她的背囊，接著伸出爪子反覆抓著，直到整片背囊全成紅色。

「恁樣做得。」她滿意地點頭。以前，她老是嫌我力氣不夠，要我再出多一點力。現在，也許是我長大了，也許是她變老了，出三分力就足夠。她轉過頭，抓著我的手臂，讓我背對著她，拍拍我的肩膀說：「來，跍等[56]。」我蹲下，感覺到她肥厚的手掌在我背囊移動，皮膚因為龜裂形成的粗糙感，讓我的背感到一點刺痛。

「做得了，恁樣就有淨。」她滿意地說。我看見地板的白瓷磚上，些許細白沙粒聚集在凹陷處。

洗過澡，正在收拾東西的我，收到石頭叔 Line 的訊息。說好明天要來和我們會合的石頭叔，因為石頭嬸的親戚太熱情，要延到後天再來。如果是昨天或早上的我，應該會感到焦慮，要獨自一人看顧阿婆。但和阿婆去了海邊一趟，我的心態改變了。我根本不需要照顧她，而是她帶著我走，走進她的記憶裡，那裡有我沒見過的她。

「妳稍早[57]有想去哪位無？」昨天是我問阿婆，今天換成她問我。

「偃喔？」我來這裡的任務是陪阿婆，倒沒想過自己要去哪裡。我想起背包裡的幻燈片，立刻把它們拿出來，一張張陳列在床上。

「妳仰會有這？」阿婆拿起其中一片對著床頭燈看。

「小惠上擺分偃。」

「偃就想，這東西仰全不見。」阿婆念著，放下手上那片，拾起另一片仔細看。

我抽出那張擺滿紡織機的幻燈片說：「妳記得阿公頭擺做事个紡織廠佇哪位無？」

若是小惠，應該會想去看看那批紡織機吧。

「佢毋識字，該路名和地名，全記毋清楚。」阿婆說。

「喔。」我有點失望地低下頭。

阿婆拍拍我的背，說：「拍謝。稍早問阿廉看看，無定佢會知。」

我點頭。其實該說拍謝的是我，都過了四、五十年，地名、路名說不定都變了，就算找到，模樣也早已不同了吧。

離開的人

隔天一早，我迫不急待跑去問阿廉關於紡織廠的事。起先，阿廉以為我們是要找人，想問清楚工廠的名字或廠址。這些我們都沒有，但仔細想想，我們確實是要找人，

56 跍等：蹲下。
57 稍早：明天。

只是找的是已經離開的人。

阿廉見我們一問三不知，拿起電話來打給一個朋友，講了約兩、三分鐘。掛上電話，抬起頭對我們說：「朋友，我的，會說中文，他賣布，等一下來。」阿婆和我點點頭，到櫃台旁的長椅上坐下。

半小時後，阿廉帶著一個穿著牛仔襯衫及牛仔褲的年輕男人，走到我們身邊。我注意到，他衣服外還掛著一條十字項鍊。

「你們好，我叫阿雄。」眼前陌生的年輕男人，講話雖帶著一些口音，但相當流暢。

「你是華人？」我問。

「不是的，我是京族。以前在上海學過中文。」阿雄說。

「老師，教中文。」阿廉指著阿雄說。

「已經沒教好多年，現在在廣州批布到越南賣。」阿雄說：「聽說妳們要找紡織廠？」

我點了點頭，大致向阿雄說明阿公以前在越南的紡織廠工作的事。

「華人的紡織廠有，但都是經改以後的。我知道，**Bảy Hiền** 那裡有老紡織廠，如果妳們要去，我可以帶妳們去。」阿雄說。

「**Bảy Hiền**。」阿婆重複一遍這個地名，似想起什麼般欲言又止，沒明確說要去或不去。

「我想去。」我說。不知為何，聽到那地名和「老紡織廠」四個字，我有種莫名的感覺，阿公一定曾去過那裡。

在計程車裡，阿雄告訴我們關於 **Bảy Hiền** 的事。**Bảy** 是數字「七」，**Hiền** 是賢能的「賢」。**Bảy Hiền** 那裡很多家族工廠，每間工廠人數都不多，大多是十來個人左右。

「那裡的工廠是華人投資的嗎？」我好奇地問。

「不是，大部分是從中北部來的，**Bảy Hiền** 很多廣南人，算是較早來的。胡志明市的郊區，還有不少經改後才南下的移民。都是先到南部打工，存夠錢一起開廠。」阿雄嘆了一口氣，說：「這些故事很多。我的奶奶和媽媽也是一九五四年，從北部逃到南部來。沒辦法，打仗，只能往南跑。」

阿雄很願意談自己的故事。他一共去過中國的兩個城市，一個是讓他領取華語教師證明的上海，一個就是他現在跑單幫的廣州。每個月，他都會去兩、三趟廣州。原來當老師的他四年前失業，朋友的父親剛好要到廣州批「士多布」，把工廠剩餘的布料拿回越南賣。但中文不好，想找個懂中文的去。阿雄於是就跟著到廣州去，在一旁邊翻譯邊學，幾個月前開始出來自己做。

「我以前最想當大學教授，可是家裡沒有錢。」阿雄說他從小是奶奶帶大的，他的爸爸媽媽原來在南越的政府工作。改朝換代以後，爸媽失去工作，也失去鬥志，就待在家裡靠奶奶養。「我奶奶很會做生意的，到鄉下批青菜到胡志明市賣。」

「難怪你惦會做生意！」阿婆稱讚道。

「運氣好。感謝主。」阿雄摸了摸胸前的十字架項鍊，接著說：「不過，如果南北沒有統一，我現在可能是美國人。我爸媽想移民到美國，統一了，沒辦法。」

車子經過圓環，圓環中間有座銅像，上頭的人蓄著鬍子，身邊站著一個小女孩。阿婆指著那座銅像問：「胡志明？」

「是的。**Bảy Hiền** 以前，有些人支持胡志明，賣布給華人，華人染完布，把布賣給美國人。打美國的錢，是從美國人那賺的。」阿雄邊說邊搖頭笑。

雖然路上依舊人車擁擠，但景色已經和第一郡不同。這是一條極寬的大馬路，房屋沿馬路而建，已不見高樓大廈，屋舍一樓有不少賣機械、馬達的店面。大馬路在眼前延展成兩條大路，中間岔路交接處是一間加油站。車子努力想往路邊行去，卻因道路壅塞只能被推著向前。趁著車子略少，司機按著喇叭向右擠到路邊，我們終於得以下車。

阿雄帶著我們轉入一條較小的街道，走進更窄的馬路，路邊有整排新建民房，其中有幾間批貨的服裝店，衣物成疊地擺滿店門口，有專賣牛仔褲的，有專賣童裝的，也有賣女性服飾的。走到底，再向左彎，路變得更小條，兩旁民房看起來比路口處老舊。接著走到一個較寬闊的空地，是數條巷子交會的中心點。

這裡只有一間賣飲料的店家，一個赤膊的老阿公正在屋外洗著東西。店門敞開，擺了兩張桌子，四張矮凳子在旁。店鋪中央是一張行軍床，小女孩趴睡在上頭，旁邊有個老婆婆拿著一把扇子，替那孩子搧著。最吸引我的是房屋最外圍的梁柱上，攀沿著一株桃紅色的九重葛。我止住腳步，出神地望著那株九重葛。在胡志明市，我見到很多九重葛攀附在老舊的屋舍上，或是牆角，或自二樓向上下橫生，大多是粉紅色、桃紅色，偶爾可以見到粉綠色。而眼前這株，下半部枝幹被一些雜物掩蓋，看不見根在何處，卻長得非常茂盛。

走在前頭的阿雄發現阿婆和我站在飲料店前，以為我們口渴，回頭向那阿公買了兩瓶可樂，分別遞給阿婆和我。然後，領我們走進其中一條更窄的巷子裡。我心底不禁懷疑：「在這種地方，怎麼可能有紡織廠？」

「快到了。」阿雄說。

阿雄剛說完，我就聽見那聲音。不會錯的，紡織機的聲音從前方的一棟民房裡竄出。我快步走向聲音的源頭。從外頭看來，不過是間普通的民房。兩間房子打通，共有兩個大門，大門雖然敞開，但用高過人身的細長鐵欄杆隔著，欄杆與欄杆之間用圓形鐵環連接，鐵環中間還有菱形裝飾。外圍是洗石子外牆，被灰塵籠罩，顯得斑駁不堪。要不是點著日光燈，要不是機器運轉的聲音自裡頭流出，這裡像極無人居住的廢墟。

「門在這裡。」阿雄指著最右側的入口處。門邊放了一張木桌，木桌後有個六、七十歲的老先生顧著門口。老先生抬頭看了我們一眼，又低下頭看報紙。看來這裡是廠房唯一的出入口。

這時，我們聽見一聲叫喚。轉頭，只見一個看來二十出頭的男孩從一條巷子裡冒出。阿雄和他用越南語交談幾句，便向我們介紹他：「他叫做武忠誠。忠心耿耿的忠誠。」忠誠向我們點點頭，和那位老先生說了幾句，就帶著我們走進廠房裡。

廠內只有右半邊點著日光燈，一個穿著花衣褲的細瘦女孩，腳上穿著夾角拖鞋，在裡頭來回走著，似在檢查機器運轉得順不順。這裡的織機比較小台，主要做寬度較窄的各式帶子。牆邊架上放滿一捲一捲的紗線，再往內走是十幾二十個直圓筒，圓筒上捲著織線，織線往上方中央集中轉動著。廠房最外頭有兩個抽風扇，將裡頭的熱氣抽到外頭。廠房盡頭有樓梯通往二樓。

這些機器不是阿公以前工廠裡的織布機，但機器運轉的聲音十分相似。那聲音幾乎要讓我以為，阿公就在這裡，只要我願意等，他就會從樓上走下來。想到這裡，我趕緊走到屋外，深吸一口氣，緩和情緒。怕自己在不熟識的人面前，忍不住哭了出來。

離開了這間廠房後，忠誠帶我們走往其他巷子。幾乎每條巷子都有兩、三間廠房夾雜其中，外觀像普通民房，在外頭根本看不出來哪間是廠房。雖是假日，但廠房內還是有人在工作。有的大門半開，幾個人坐在門邊摺布；有的鐵門雖拉下，但可以聽見裡頭傳來的紡織機聲。穿梭在巷子與巷子之間，紡織機聲或遠或近，好像它們在很久以前就不停運轉、發出聲響，我卻至今才聽見。

靠著阿雄的翻譯，我們邊走邊聊。我問起「忠誠」這名字的來源。忠誠說是祖父取的，忠誠的祖父就是阿雄先前提到，統一前就默默支持胡志明的那批人之一。

和忠誠的祖父比較起來，阿公為孩子取的名，想到的卻全是與錢有關的，像癲狗叔的名字陳世銘，旁邊就有個金字；石頭叔的更誇張，陳世鑫，有三個金。至於我爸陳世榮，跟世俗名利都脫不了關係，一點愛國的志向都沒有。癲狗叔曾說，阿公曾計畫帶全家人移民到越南。我想，對阿公來說，什麼國都不要緊，誰能餵飽全家人，誰就是他的國。倘若當時的計畫順利，此刻的我就是個越南人了吧。

平時不愛說話的我，為了知道更多關於紡織廠的事，東問西問。反而向來多話、愛笑的阿婆，自從見到工廠後一句話也沒說，有時往聲音處望，有時低頭走路。

「阿婆，妳來過這無？」我問。

阿婆搖著頭，又若有所思地看了一眼巷子裡的廠房，說：「頭擺聽妳公講到這位，佢兜幾个同事想要佇這開工廠。無開成，就轉台灣了。」原來，四十餘年前，阿公真的曾在這裡待過，我望著這密密麻麻的巷道，想像阿公的背影在這裡穿梭。說不定，我剛剛經過的其中一間廠房，就是阿公當年想要開工廠的地方。

「阿公仰會想佇這位開公司？」我追問。畢竟在一個都是廣南人的地方，不會說越南語的阿公為什麼要選在這裡呢？

「僫會知？」阿婆回我，聲音微微顫抖。也許，這裡曾發生過什麼事，是她不願意提起的。

當一回明星

向忠誠道別後，我們跟著阿雄回到剛剛的大路。正值中午，我們決定在一間轉角咖啡店用餐，阿雄先點了三杯冰煉乳咖啡，接著到對面攤車叫餐。一個四十多歲的女人端著圓盤、一碗菜湯，從容跨過擁擠車潮，來回足足三趟。

「還有時間，要不要去布市場？」阿雄問。

「好啊。」喝了一口冰咖啡的阿婆，恢復平時的笑容。

半小時車程後，抵達布市場所在的第五郡。這裡的房子大多低矮且陳舊，和第一郡最大的不同處，在於這裡的招牌常有中文，像是香港藥房、麗聲戲院和明星眼鏡行。計程車把車子停在圓環邊，圓環外圍停滿摩托車。我們跟著阿雄下車。

「這裡很多華人。」阿雄說。

「堤岸。」阿婆說出一個陌生的名字。

「麼个？」我沒聽清楚。

「偓頭擺來過這位，『堤岸』。」阿婆再次說出那個詞。

不等阿雄帶路，阿婆像剛來越南時那樣，自顧自地走。阿雄和我只好緊跟著她。她在一間三層樓的餐館門口停下，指著招牌上其中一個字說：「『玉』，小玉的玉。」我抬頭看，橫幅招牌上寫著玉蘭亭大酒樓，門上還有聖誕節的布置，但是大門緊閉。

「妳阿公的頭家，有請佢兜台灣來的師傅佇這位食飯。這位還有盡多歌廳，妳阿公講過，他佇這位聽過白光唱歌。」

阿婆說完，哼起那首白光的魂縈舊夢，往巷子裡走去。我總覺得，來到這裡的阿婆好像變成另一個人，整個堤岸彷彿是一座舞台，她是女主角。

阿婆在一間理髮店停下腳步，上頭店招是白底，中央較大的字體是越南文，越南文兩邊各寫著「明」和「星」兩個字，大字下方則是有小字，左邊是越南文，右邊是中文，寫著：「電髮、剪髮、吹波、洗頭、染髮」。下面一行更小的黑字，則寫著「榮幸為貴客服務」。由於字體筆畫輕重略有差距，應是手寫字。招牌上有白綠相間的塑膠帆布雨遮，這裡十分常見，大多是藍白或綠白相間的條紋。這家理髮店雖然叫做「明星」，店裡的擺設倒是十分平民，只有一排鏡子，鏡子上有兩盞日光燈，一張黑色旋轉椅。穿著白襯衫、牛仔褲的細瘦男子正在為顧客理髮。阿婆站在店外看了很久，轉頭看我說：

「妳阿公忒愛佇這剪頭那毛。」

我仔細打量這間理髮店。注意到漆上藍色油漆的陽台，九重葛從每根欄杆間探出頭來，向下伸展粉紅色的苞片。

「奇怪，妳有感覺越南的珍珠花忒靚無？」阿婆抬頭看著九重葛說。

也許是氣候合適的關係，我確實看到好多房子都種九重葛。它們纏繞、懸掛在每棟房子的樓上、門前，讓陳舊不堪的外觀，因此不那麼頹敗，反而充滿生機。

走出巷子，只見街道兩旁的店很多是布行。打著赤膊的男子搬著一匹又一匹的布，走進走出，路上不少摩托車也滿載著布料。

「布市場到了！」阿雄指著頭說：「阿姨，妳這裡有地圖啊！」

阿婆聽了，笑得很開心。我猜，她腦海裡的座標，應該是一株又一株的珍珠花吧。

我們從窄小的門走進布市場，裡頭是一間又一間的布行。布匹有些掛在店門外，有些摺好堆疊在店內。由於太過擁擠，人聲喧擾，我們只待了一下就走出來。

外面的街道也有連排的布行。阿婆在一間布行前停下腳步，這間布行雖然老舊，但店招前有四根雕花的柱子，鐵窗上有「源遠」二字。往裡頭走還有另一扇門，想必這裡曾是氣派的豪宅。但現在門戶洞開，從外到內全被布匹占據。放在外側的布裡有東西支撐著，好讓顧客看見整塊布的花色。這些布有些是專門用來做越南長衫，通常會附上一張模特兒穿著長衫的照片。阿婆用手輕撫著一塊紫色布料，瞧著照片上的模特兒，那模特兒身材纖瘦高挑，有一對彎彎細細的眼眉。阿婆買下那塊布，說是要送給清雲姨婆。

阿雄帶我們到一間廣式燒鴨餐館，簡單用過晚餐，便送我們回旅館。臨別時，阿雄跨上摩托車發動引擎，我們頻頻對他說感恩。如果不是阿雄，我見不到這些阿公曾去過的地方。

「沒關係的。朋友的朋友，就是朋友。」阿雄向我們揮了揮手，身影隱沒在擁擠的車潮中。

打開旅館大門，長椅上有個熟悉的人影正在翻閱雜誌，是石頭叔。

「叔，」我喊他：「你不是說明天才來。」

「不歡迎我喔？」石頭叔抬起頭看見我們後，用一種似笑非笑的表情說。明明是放心不下，才提早到胡志明市，卻愛用這種語氣說話。石頭叔訂了一間房，就在我們房間隔壁。累了一整天，石頭叔在我們房間坐一會，就回房間休息。這一晚，我沒問阿婆想去哪裡，她也沒有開口問我。也許，她已經見到想去的地方。

隔天，我們三人在第一郡四處閒逛。吃河粉、喝咖啡、逛大街，直到近傍晚時，阿婆提醒我該去拿衣服。我們三人往市場走去，來到那間布行。

「你們來啦！」布行的阿姨見到我們，熱情打著招呼。接著，從袋子裡拿出一件白色雪紡材質長衫，在我面前將它攤開，說：「妳嘅。」

這是一件很美的衣服，深淺不一的綠色花紋在胸前展開，莖葉延伸到邊側開口處。那是少見的淺綠色九重葛。阿姨拉開試穿間的布簾，說：「妳試下。」

我害羞地脫下衣服，套上長衫。長衫十分貼身，腰間肉若隱若現。阿姨在布簾外問：「OK？」我彆扭地走出試衣間。

「變明星啦！」阿姨用誇張的語氣讚美著。

「終於有點女人味。」石頭叔帶著似笑非笑的表情說。

「什麼女人味，我才不要。」我轉身走進試衣間換回短袖上衣、牛仔褲。

這天晚上，由於隔天一早要搭飛機，我們很早就寢。睡前，睡在我身邊的阿婆，喃喃地說：「看妳著該長衫，佢還當做係妳清雲姨。」

太美的晚霞

「我說，還是在堤岸好，招牌都寫著中文，不會像現在找個街名，得找個老半天。」金蓮一面拿著簡易地圖比對路名，一面對清雲叨念著。地圖上，幾條大街的名字分別以越南文和中文以細小、工整的字體寫在一旁。三輪車又經過一條街，金蓮放下地圖念道：「妳看，什麼筆不好用，偏偏用鉛筆，拿幾天就糊了，把我手指也弄髒。」

「這幾天，要不是老王細心畫了這張地圖，早迷路不知多少回啦！妳還抱怨啥？」清雲說。

獨自坐在後面那輛三輪車上的春梅，沒聽見金蓮和清雲交談的聲音，她們的背影也大多被車伕遮住了。這裡的三輪車是這樣的，客人坐在前頭的位置，上頭附有活動式遮陽板，座位兩側有兩個大輪子。再來是車伕的位置，他踩著改良過的腳踏車，後頭只有一個輪子，慢慢往前進。春梅先是注意到他那雙細瘦、黝黑的小腿，腳上則踏著一雙草鞋，左腳、右腳、左腳、右腳，反覆踩著踏板。視線慢慢往上移，他身穿白襯衫和白短褲，但因為長年被汗水浸潤、陽光曝曬，那白色摻雜灰黃，不是蓬白[58]。頭頂戴著笠

58 蓬白：很白。

嫲[59]遮陽，越南的笠嫲偏白色，從圓頂到帽沿是一條直直的線，台灣的還帶著本來竹葉的斑黃，中間凹，下面較寬。

看到車伕的背影，腦海裡就浮出阿爸的身影。若不是笠嫲的形狀，瘦夾夾的身材恁像阿爸。她五歲賣給養母，其實已經想不太起親生爺哀[60]的樣子。被送到養母家的那一天，阿爸不知道從哪裡牽來一台腳踏車，一把將小春梅攬起放到後座，一腳跨過腳踏車，載著她向頭前行。第一擺坐腳踏車，緊抓阿爸的白汗衫，只感覺到新鮮。阿爸盡講話，像是「去到人屋家要聽話」、「食飯要食遽兜」，其他記不清楚了，只記得阿爸的背影。

三輪車速度慢了下來，往路邊停靠。春梅趕緊拿出錢包掏錢給車伕。金蓮與清雲已經下車朝她走來。

走在前方的金蓮先開口：「又迷路了，下車找吧。」

大字不識的春梅仔細打量這條街道，兩層樓高的房子，前頭大多是廣告招牌。其中

59 笠嫲：斗笠。
60 爺哀：父母。

一間招牌上，畫著一個長髮髮的女人，招牌下還隱隱約約能看見鏤空的花磚。春梅指著店招對身邊的兩個女人說：「這條街，偶們前幾天毋係來過？還講上頭那細妹像清雲。」

金蓮往春梅手指的方向望，又回看地圖：「啊，沒錯，這是范五老街。就往這個方向走吧！」

拿著地圖的金蓮走在中間，清雲和春梅走在兩側。路的一邊是樹林群聚的公園。

金蓮碎念：「講說帶太太們來西貢玩，結果整天加班，還不是太太們自己玩！早知，我就留在台灣陪女兒。那孩子不知道有沒有認真讀書，整天彈吉他，考不上大學要怎麼辦？」說完嘆了一口氣。

春梅想離家盡久了，這下正經走恁遠，又掛念細人。想下擺一定要帶細人共下來。

「妳出來玩就出來玩，別整天女兒女兒的。」清雲輕撞一下金蓮的肩膀。

「妳沒孩子，哪裡懂？」金蓮嘟著嘴說。

清雲不發一語加快腳步往前走，春梅趕緊捏了一下金蓮的後背。金蓮這才驚覺自己講錯話，吞了吞口水，靠向春梅小聲講：「仰結煞？」

春梅只好假意輕鬆說：「清雲講得對啦，難得出來玩，不用顧細人，歡喜都來不及。」

清雲看著街道，依舊沒回話。春梅指著旁脣的店叫著：「你兜看，該店前面花盆的花恁靚！」拉著清雲往那店前走去。

雖說是故意找話題，但那門外盆栽裡的珍珠花確實開得很美。一盆是桃紅色的，一盆則是粉綠色的，盆栽後頭是一個玻璃櫥窗，幾款濃淡不一的布料，高高低低攤開擺放在櫥窗裡。

「清雲哪，不如我們進去做件衣服吧？」金蓮拉著清雲的手，帶點撒嬌的口吻央求著。

清雲還是不說話，但走到櫥窗旁的側門前，推開那扇門。門內側上緣掛著鈴鐺，打開門時先聽見鈴鐺噹啷的聲響。只見一張大木桌放在中間，占據店面的三分之一，上頭擺著還未完工的上衣。啪達啪達，踩踏聲從木桌後方的裁縫機傳來。

「Xin chào！」一個掛著眼鏡的女人自裁縫機後探出頭。

「心照！」春梅回應著。你好，這兩、三個星期，春梅已經學會這句話的意思。

裁縫師傅把裁縫機停下，從裁縫機後頭走出來。身穿花衣花褲，腳上踩著一雙夾角拖鞋的她，臉上堆滿笑容問：「妳哋係邊度來嘅？」

金蓮開口說：「台灣。」

「台灣啊！」裁縫師傅邊點頭邊走近清雲身邊，仔細打量她身上的旗袍。她穿著扶桑花圖案的旗袍，雖說是扶桑花，卻織成藍色，白底配上淺淡不一的藍花，既有女人的嫵媚，又有一股冷傲。清雲幾乎日日穿旗袍，剪裁差不多的旗袍，花色一變，整個樣子就不同。

裁縫師傅看得目不轉睛，讚嘆道：「呢件旗袍好襯妳，工真細啊！我阿爸廣東人，在廣東，也做旗袍。他走以後，好久冇見到做工咁細嘅旗袍了。」在西貢，遇到廣東華人不特別，特別的是做越南長衫的華人。

「都是舊衣服了，從大陸帶來的。」清雲被看得有些不好意思，但又難掩一絲得意。

「好衫不怕舊，就怕冇人欣賞。」裁縫師傅說著，把眼鏡收起，掛在胸前。

「說得真好！」金蓮在一旁附和，一手拉著清雲，一手拉著春梅說：「不如我們各做一件越南的長衫，做好以後，我們三人就穿著，在宿舍前那棵大樹下拍張照，當作紀念。好不？」

裁縫師傅順勢再度掛上眼鏡，拿起口袋裡的軟尺，幫清雲量肩寬，口中還念著：「大家算係同鄉，一定俾三位靚女 discount。」

「這可是妳說的，姊妹們可都聽見了。至於妳說同鄉，幾天前逛堤岸那頭，幾乎都被妳們廣東幫占了！折扣可得比同鄉再多些。」金蓮邊說邊走到木桌前，看著那件還未完工的上衣說：「這衣服比起旗袍還要有心機，貼著身體不說，腰間還要露不露的，難怪那些男人老對著越南女人按快門。」

「師傅別理她，她這人就一張嘴利。」清雲說。

「冇事！三人一起做，discount 自然多囉。」裁縫師傅拿起軟尺，準備繞過清雲的腰間。

「好幾年沒做新衫，真有點不習慣給人量身了。」清雲微舉雙手，軟尺若水蛇似落在腰間。

「妳身材好，穿什麼都好看。」金蓮一面稱讚，一面露出妒忌的表情，捏了一下清雲纖細的柳腰。清雲拍了一下金蓮的手背，兩人方才的過節算是過去了。

「再怎麼說，妳兜全比偶高，比偶瘦，偶穿得下這衣服嗎？」春梅認真考慮起該不該花錢做這衫。

「妳哋邊個都唔使煩，應該藏幫妳藏，應該露幫妳露。包在我身上。」裁縫師傅繼續量著清雲的臀圍，一副完全沒有問題的模樣。

「錢怎麼算？幾天可以拿？」清雲問。

「幾多錢要看妳揀的布囉。」裁縫師傅說著走到牆邊，看著月曆上密密麻麻分不出是什麼字的紀錄說：「時間嘛，年剛過，做衫嘅人多，看妳外地來嘅，我趕趕，十日吧。」

這天是她們來西貢的第二十天，十天過後也才三十天，機票還有一個月才到期。三人互看了一眼，似乎都覺得可以。金蓮開口：「好吧，到時候如果不合身……」

「包準改到妳滿意。」裁縫師傅打了包票。

量好尺寸的清雲走到牆邊，打量在上頭的布料。牆邊的頂端和中間都有一條橫掛的鐵條，布匹摺成長方形，一片疊著一片掛在上頭。頂端的鐵條上大多是花樣較繁複的布，下邊掛的則色彩較單一。望去，就像用布組合成的壁紙，五彩繽紛。

「木桌下也有冇掛嘅布。」裁縫師傅邊幫金蓮量身邊說。

金蓮兩手略往兩側舉高，頭向著專心挑布料的清雲說：「師傅啊，你不用替她操心，她眼光好得很呢。就只有……」

「就只有挑男人的眼光不如妳！」清雲沒等金蓮說完，搶先一步說。那麼多日相處下來，她早摸透金蓮的性子。

「看來，偶最可憐。是別人挑偶。」春梅說完，所有人都笑了。

「師傅，就這塊吧！」清雲的雙手攤平，一塊偏深的紫色布料垂落在上。顏色雖深，但因是緞面的材質，流露沉靜又高貴的氣質。

「好眼光！」裁縫師傅量完金蓮的尺寸，走向清雲：「呢布係打仗前，中部嗰度來嘅，量唔多。越南人叫呢色『順化紫』，順化係古城，好襯妳嘅氣質。」說完，拿起軟尺幫春梅量。

金蓮拿了兩款布放在木桌上，一款是粉紅色的，胸前繡著幾朵更深的桃紅色蓮花，另一款是淺綠色的，胸前則是白色繡線織著交錯的圖形。她把手擺在胸前，猶豫地問：「清雲，妳說哪款好？」

清雲靠近木桌，先拿起綠色那塊布對著金蓮，再拿起粉紅色那塊，停頓一會兒說：「這塊吧，妳臉色白，這款看起來多點血色。」

「就這款吧！」金蓮說。

裁縫師傅幫春梅量完尺寸，問：「太太中意哪塊布啊？」

春梅走到櫥窗處，有點害羞地指著正在展示的一塊紅、白和藍相間不規則圖樣的花布，說：「不知會不會太花？」

裁縫師傅一面把布拿到春梅面前，一面說：「怎麼會！這是今年最流行呢款色，我看好適合妳。妳睇，藍色嘅用在小腹，紅色嘅放胸前，應該藏就藏，應該露就露。好布要遇到對嘅人。」

春梅用手仔細撫摸那塊布的質料，仔細看著布上的花案與織法紋理。那塊布看起來有點分量，實際上卻十分輕盈。

裁縫師傅見春梅臉上浮現的笑容，接著說：「要織呢布，真係唔簡單。」

「師傅啊，您不知道，她丈夫可是全紡織廠最棒的『老師仔』，只要有他在，沒有織不出的布。」金蓮說。

春梅拍謝地笑。阿桃也講過她眼光好，懂配色。雖然阿有佇紡織廠做頭路，逐日織布，她卻盡少有機會自家挑布、分人做衫。做得佇這做衫，也係紀念。

她們各自付了訂金，訂單由清雲收著。裁縫師傳送三位尊客到門口，打開門，門上的鈴鐺噹啷噹啷響起。春梅是最後一個走出門口的，雖然衣服還未做好，三人臉上的神情都好似已經穿上做好的長衫。

春梅走了幾步，回頭望了那間裁縫店一眼，店前珍珠花實在靚，靚到像發夢。

回到宿舍時，不過五點鐘，天還未暗。

金蓮提議：「不如我們散步到工廠去，等他們下班。讓他們瞧瞧我們這一身。」邊說邊轉圈、鞠躬，好似已經穿上長衫，在舞台上跳舞般。春梅笑出聲來。

「也好，反正在宿舍也沒事幹。」清雲附議。

從宿舍走往工廠不需要轉彎，走過連排宿舍平房，接著經過紅毛泥蓋的牆，上頭塗滿各種廣告，由於牆比人高，沒有人知道牆的另一面是什麼？她們走在牆的這一側，恰好可以欣賞對面整排的梧桐樹。清雲的腳步很輕，走起路來像跳舞般，一面走，嘴裡一面哼著歌：「花落水流，春去無蹤……」，金蓮也跟著哼，春梅覺得這歌好聽，但不識歌詞，就聽她們唱，唱完一遍又一遍。不知不覺工廠就在眼前，廠房的圍牆有幾處缺口，幾株桃紅色的珍珠花沿著牆面攀爬下來，整個天空被晚霞染成紅紫色，遠方的紅與近處的紅相互輝映著。

「好美啊！」清雲忍不住讚歎。

「老人家說，『朝霞晚霞，無水烳茶』。早有霞光，臨晚也有，驚有旱災，連煮茶的水都無喔。」春梅見這天色，想起養母從前對她說過的話，想起低空飛過的尖嘴飛機，忒靚的東西都有危險。

「麼个茶？偓看，這天空就像該紅面盆，工廠屋頂像洗衣板。妳們說，像不像？」金蓮指著如鋸齒狀的工廠屋頂說。

這時，恰好老張第一個從工廠門口出來。

「洗衣工來了。」清雲笑著說。

老張一頭霧水，看著眼前笑成一團的三個女人，問：「老是笑，究竟笑什麼？我臉上長了什麼嗎？」說著，摸摸自己的臉，引來更多笑聲。

春梅也笑，但不像金蓮、清雲笑哈哈地。養母說的那話像看不到的骨刺，梗在心頭。

連續兩日無雨，一大早，工廠傳來陣陣巨響，砰！砰！原以為是鞭炮聲，但聲響太大，接著聽見有人喊著：「打過來了。」他們三個男人衣服來不及換，穿著拖鞋就趕緊跑去工廠，只見屋頂最角落處塌陷下去。

「冇！」老張喃喃地說：「真的來了。」三個男人呆愣在原地，動也不動看著塌陷的地方。直到遠處又聽見類似的聲音，三人才趕緊跑回宿舍去。

房門打開，老張站在最前頭，襯衫全濕，喘著氣望著屋內的三個女人。在老張身後的兩個男人也低著頭，不作聲。

清雲察覺事情有異，問：「鐵夫，發生啥事？」

老張說：「那些人，來了。」聲音似從齒縫間用力擠出來的。

這話說得不清不楚，但屋內每個人都明白，話裡的「那些人」是誰。應該說，大家心底都曾想過這個可能性，但沒有人願意真的相信。屋內頓時陷入一片沉寂，直到金蓮發出嗚咽的哭聲。

老王立即快步過去，擁著她安慰道：「事情還不清楚，說不定老美明天就派兵……」

「平時說你傻你不承認，事到如今，你還相信老美！」金蓮哭得更大聲。

清雲一聽，慌慌張張翻箱倒櫃，似在找什麼東西。老張趕緊到清雲身邊擁著她，只聽見清雲顫抖著問：「值錢的東西還剩多少？」老張用哭喪的聲音反覆說：「走得了的，走得了的。」

阿有重重把門關上，走到床邊坐在春梅旁脣，將春梅摟進懷裡，一句話也沒說。

整整兩天，宿舍裡的女人們只待在宿舍裡。沒有人提議要到街上，有時打開衣櫃上的電視機收看新聞，有時乾脆關起來，裡頭說的有多少真話？男人們則一早出門找管道、買機票，晚上才回宿舍。

這段時間，春梅常望著窗邊的魚缸發呆，兩尾魚見她走近，都浮上水面，嘴巴一開一闔，像在討東西吃。從來到西貢以後，春梅每早都餵牠們一些飼料。如果牠們討，春梅會不忍心地再餵一些。這兩天恰好飼料都用完，沒辦法上街買，拿幾顆米粒充數。但那些米粒似乎引起不了牠們的興趣。

第三天近午，春梅走近魚缸時，發現其中一尾翻肚浮在水面上，屍體的邊緣有些發白，仔細一瞧，原來是另一尾魚啃食著牠的同伴。春梅把死去的魚撈起，叨念魚缸中僅存的那一尾：「堵到事情，就毋認人了。」

這時，宿舍的門打開，老張站在門外。

「怎麼這時候回來？」清雲走近老張問。老張則把清雲拉到宿舍外說話，似乎怕屋內的另外兩人聽見。

只是，同住一個屋簷下，很難有什麼祕密。晚上，金蓮見清雲收拾著行李，就知道老張弄到機票了。她故意高聲對著春梅說：「那天晚上，也不知道是誰為老美打包票。現在，頭一個要走。」

屋內所有人都聽見了，沒有人答話。只有老王拉著金蓮的衣服，示意她不要再說了。

隔天一大早，老張把阿有拉到宿舍外，對阿有說：「錢不重要，命重要，什麼工廠、機器，都不要再想了。有機票時就走。幫我還這給紅兒。」老張把一個用手帕包起來的東西，塞進阿有的口袋裡，還說了聲：「一切拜託。」說完，就到宿舍內提著一只皮箱，拉著清雲走出門口。

金蓮坐在床上，不發一語地摺著衣服。老王、阿有和春梅則跟著到門口。清雲手裡握著那天做衣服的訂單，交給春梅：「對不住，老張和我先走了。」

「路上小心。」春梅叮嚀著。春梅並不怪她先走，若是阿有先買到機票，她也會提前離開。這戰爭不係細妹要打的，要來還是要走，也不係細妹做得決定的。春梅握著清雲如冰塊般冷的手，說：「到台灣，再見！」清雲沒有回答。她們兩人誰都沒把握，這句話會不會成真。

那輛載著春梅、金蓮和清雲從機場來到西貢市區的轎車，如今被老張開往機場的方向。春梅和阿有站在原地，看見塵土往後飛來。春梅拉著阿有的袖口，示意他進屋裡去。阿有卻仍站在原地，春梅轉頭望向他的臉，不自覺打顫。阿有的目珠底背，不是不甘心，也不是難過，是一個空空的洞，看不到底，麼个全無。

過兩天，老王也弄到機票，帶著金蓮連夜走了。白日，阿有到城裡去，想方設法買機票。春梅獨自待在宿舍裡，與魚缸裡的紅金魚對望，金魚展開牠鮮豔的紅尾，叫春梅想起她們訂做的長衫。

第六章

紗

蜘蛛與梭子

青綠稻田點綴著金黃，水稻剛抽穗，晚霞暉映下，染上紫金色顏彩。巡田水的阿有站在田埂間，抬頭望。他從沒見過這種天空，美得不像真的。遠處傳來腳步聲，他轉頭看向聲音的源頭。整列國軍朝阿有的方向走來，他們身上垂掛鍋碗瓢盆，腳穿草鞋，模樣既狼狽又疲憊，拖沓腳步揚起一陣煙塵。

站在最靠近泥土路的雲姊發出科科科的笑聲。雲姊是頭家的養女，平日做的工作不比他這個長工少。她的笑聲引來國軍側目。其中兩個國軍離開隊伍走到田埂邊，放下手中鍋碗，脫下褲子，面向戴斗笠的雲姊撒尿。朘仔[61]噴出金黃尿液，由左到右，由右到左。他們一面撒尿，一面大笑。雲姊呆立在田邊，什麼也來不及反應，直到他們回到隊伍，她才哭出聲來。阿有緊握拳頭，渾身發抖。

這一年，阿有十三歲，身為長男，十二歲就到頭家這裡做長工，一年換一包白米回家。那包白米，是他存在的價值。白米珍貴，至少家人不會餓死。然而，這卻是他人生

61 朘仔：指男性生殖器。

第一次發覺，自己不過是稻田裡的一粒稻穗，渺小得毫無用處。自從發生那件事後，雲姊神智變得不太清楚，還會指著細倈人的褲襠笑。頭家一氣之下，把雲姊賣到鎮上的白玉樓。他此生都不會忘記，雲姊被送走那一天，回頭對他微微一笑。那是他見過，比哭還要難看的笑容。

十八歲時，阿有結束三年一期的長工約，聽鄰居說內壢品興紡織廠徵人，決心離開頭家去試一試。

阿有跨過廠房邊的鐵軌，望著工廠。工廠被廣闊農田包圍，中央立著一根極高的煙囪。幾年前還是日本人的崁仔腳製糖所，一個時代就這樣過去了。現在這裡被品興紡織廠承租，聽人說是全台最大的紡織廠。阿有忍不住驚呼：「真識恁大啊！」

阿有跟隨人群，走進工廠，廠房門口排著一列長長的隊伍。他站在隊伍的最後面，等了近半小時，終於輪到他。一邊有穿白衣的護士幫忙量身高體重，正中央的桌子前，坐著三個人，看起來是面試的主管。中間那個長得肥篤篤的主管，抬頭看了他一眼，問：「識字？」阿有點頭。肥主管推了推眼鏡，指著前方一根粗鐵管，說：「看你那麼瘦，把這舉起來看看。」鐵管兩邊是圓盤，大小如腳踏車的輪子，中間纏著白色紗線。阿有站在鐵管前蹲下，用力把鐵管從地面舉起。平日在農田操作農具，重量不比鐵管輕上多少。

從此，阿有成為一個紡織工人。阿有後來知道那根鐵管叫「盤頭」，整經後的紗線會纏繞在盤頭上，需要人力將它裝進梭織機。

這間紡織廠有一座機械廠、三座紡紗廠和一座織布廠。阿有先被分到織布廠，廠內細妹很多，大部分剪齊耳短髮，或將頭髮紮起，就怕頭髮被梭織機當紗線攪了進去。阿有喜歡其中一個叫阿美的細妹，是個福佬妹。他聽過她在同事面前唱過一首歌謠：「和美線，早當時，捧金盤；和美織，名聲滿，全世界，接訂單。」阿美說，台灣剛光復，電力不足，和美人用手動木織機把日本人留下的棉被、椅墊，重新加工變成頭巾、背巾、腰巾和蚊帳。不知道是不是所有和美人都擅織布，至少阿美是。阿有每次經過阿美身邊，或幫她操作的機台換盤頭時，都忍不住多看她幾眼。

尤其，阿美的手指細又長，操作紡織機時，迅速俐落，像在紡織機上跳舞，也像彈鋼琴般。只是做工的，發出的聲音不那麼悅耳，而是粗重的機械運轉聲。就算是這樣，阿有還是覺得阿美的手是世界上最美的手。而這時阿有的世界，就是這間紡織廠。

過幾個月，主管見阿有對機台操作挺熟練，把他分派到機械廠。去哪個廠對阿有來說無所謂，只是能看到阿美的機會變少了。到機械廠不到半年，就聽說阿美出嫁了，工作也辭掉了。

在機械廠，阿有跟著師傅鈴木せんせい學技術。鈴木せんせい很少提到家裡的事，

只說家鄉在日本山村，做農沒有前途，才到紡織廠工作，誰知道薪水還是不夠家用，就跑到台灣。那是一九四〇年代初，日本政府因戰爭需要供應大量軍服，從日本本島運送太遠，決定打破「工業日本，農業台灣」的政策，從日本吳羽紡績株式會社，將半舊的紡紗機兩萬錠、織布機五百部拆運來台，在烏日設立了王田和烏日兩個工廠。鈴木せんせい便跟著這批紡織設備到了烏日的紡織廠，負責組裝機器、教導工人使用紡織機。兩、三年後，一切剛剛上軌道，正準備開始生產時，戰爭已到後期。

美軍空襲，生產變得斷斷續續。一九四五年，日本宣布投降，國民政府接收台灣，為了發展紡織業，留用部分日籍工程師，鈴木せんせい就是其中一位。幾年後，國民政府撤退來台，帶來大量紡織設備，在內壢成立國營的品興紡織廠，經驗豐富的鈴木せんせい就被「挖角」過來。

從一個島到另一個島，從島嶼的中部到北部，對一直停留在家鄉的阿有來說，鈴木せんせい真是走太遠了。他難道一點都不想念家人嗎？還有，阿有也不太明白，為什麼鈴木せんせい提起這些事的時候，臉上沒有表情，聲音沒有起伏，像在說別人的故事。

鈴木せんせい沒有結婚，住在工廠分配的宿舍裡。他對下屬向來有錯就罵，一點情面也不留。阿有雖然害怕，但鈴木せんせい修機器的技術確實沒話講。老輩人講：「後生人毋好驚食苦，愛肯打拚。」他只想盡快將這些學起來。

從織布廠轉到機械廠，唯一讓阿有最不慣的，是與他同一組的老張。老張是上海人，一九四九年跟國民黨撤退到台灣，老是在同事面前吹噓從前在大陸多風光，還好幾次在背後說鈴木せんせい的壞話。老張那副恁衝的樣子，讓阿有想起那兩個對雲姊撒尿的國軍。

有天，阿有蹲在一台梭織機後方，準備拆卸機器時，先聽見鈴木せんせい口氣嚴厲向老張指正哪個步驟有誤，接著就聽到老張大吼：「你們日本人就會欺負我們中國人。」壞囂的日本人，阿有見過，但鈴木せんせい不是那種人。阿有起身，看見高個頭的老張，怒瞪著鈴木せんせい，老張的身影和那兩個不知羞恥的國軍重疊起來。阿有雙手握拳，快步走到老張面前，一拳往他臉上揮去。身邊的同事們先是愣住，見他們扭打成一團，趕忙將兩人拉開。被兩個同事架開的老張，高聲罵道：「冊那！我全家死在日本鬼子手上，我罵他，你跑來湊什麼熱鬧！」

阿有感覺到全身血液像滾水般沸騰，正想衝過去，卻被鈴木せんせい牢牢抓住，一路拖到廠房外。鈴木せんせい指著路邊的一顆大石，說：「坐下。」阿有雖聽話坐下，肌肉仍緊繃，指甲陷入掌心。鈴木せんせい點起一根菸，抽了一口，說：「跟他道歉。」

「我不會道歉。公司要辭掉我，我就回去種田。」阿有向地上吐口痰，憤憤地說。

鈴木せんせい抽了口菸，說：「你家有田嗎？這時代，種田有未來？」

「做工就有？」阿有的薪水雖然比起當佃農好，但要想搬出租來的泥土屋，買間像樣的水泥房，還是不可能。

鈴木せんせい抽著菸，不發一語。等到菸抽到了底，鈴木せんせい便壓著他到廠長辦公室，自己先向廠長深深鞠一個躬，說：「他還年輕。這次事情，我負責。」阿有看著師傅為自己的事低下頭，跟著彎下腰。

阿有記得，那天走出廠房，滿天全是紅紫晚霞，就像十三歲時看見的那樣。

因為鈴木せんせい求情，公司沒有辭退阿有，但扣了半個月薪水當作懲處。事後，阿有比從前更認真學習機械維修，對自製機械尤其感興趣。在中國大陸時，品興紡織廠就曾自行設計「品興三十八式」錠子。到台灣，品興繼續研發自製機械，製作講義，把機械製程記錄下來，還派人到英國紡織廠考察。

不過，那些都是頭家的安排。對他一個基層的工人來說，就是不斷工作下去，也不需要去問為什麼。他就像是蜘蛛一般，來回編織著那張網。反覆組合機器，確認紗線織成布，是他的工作，也是生活。每到吃飯時間，準時到員工餐廳報到。吃完了飯，回到工作崗位。頂多有時眼睛酸了，就望向廠房上方的天窗。天窗有陽光向下灑落，透過天窗，他可以想像窗外的風和陽光。在那一瞬間，阿有才能感覺到自己不是一台機器，而是活生生的人。

一九五二年，公司自製出第一部有 420 錠的全程精紡機。那天，消息還上報紙。雖然報導上沒有阿有的名字，他還是把報導剪下來，留作紀念。看著報紙照片上頭家站在紡織機旁的照片，第一次，阿有興起想要做頭家的念頭。不過，這種夢裡才可能成真的事，逐漸被工作消磨掉了。日子像梭織機上的梭子，穿過來，打過去。啪嗒、啪嗒，又快又準，來不及記得什麼，日子就過去。

這樣沒有不好。至少，他連傷心阿美嫁給別人的時間都沒有，事情就結束了。

也有其他女工主動向他示好過。雖然平平是工人，但因為更了解機器構造，機器廠員工都有種比其他廠工人更優秀的感覺，不時也有細妹倒追的情況。像他，就曾有布廠的女工約他看電影，阿有也不是不想去，只是沒有錢，薪水都交給卡將，哪有錢買電影票？到二十六歲那一年，卡將看不下去。安排他和隔壁村小五歲的採茶女春梅結婚。

卡將說，春梅看起來老實、屁股大，一定會做事，又會生。講實在話，春梅不是他喜歡的那一型，人長得圓潤，手指粗短。不過，卡將滿意就好。卡將的眼光向來很準，他跟春梅共下沒幾久，就有了大俠仔和大妹仔。他越來越像是紡織機上的梭子，只能來回跑得更快，不能停下來，也停不下來。

保庇

習慣一件工作以後，人跟工作就在一起了，無論工作多辛苦，改變往往比繼續更困難。阿有不想改變，也沒有能力改變。要不是後來發生了那些事，他打算就這麼在品興做到退休。

一九五九年八月七日，下了一場前所未見的大雨。工廠有些庫存來不及收妥，全泡湯。阿有抱怨老天雨下得讓人毫無準備，卻不知道事情比想像更嚴重。幾天後，中南部災情傳到北部，死了幾百人，聽說溪流上飄著好多不知名的浮屍。一些和品興固定往來的下游廠商，包括幾間染整廠和成衣廠，機器幾乎全部毀損，好的留下外殼，壞的是整台機器都不知飄到哪裡。品興受到影響，出貨量頓時掉了半成。

天災完後是人禍。隔一年，美國開始限制台灣紡織品的出口量。品興囤滿賣不掉的白紗與胚布。阿有知道事情不太對，卻還是相信公司能度過難關。

一九六一年六月，要養超過千人員工的品興，不堪長期虧損，決定放棄機器廠，以主業紗廠與織廠為主。公司一次裁去二百三十多人，其中一百多人是機器廠員工，阿有與老張都在名單裡。還是鈴木せんせい親自到機器廠，向舊部屬宣布這項消息。在正式宣告消息之前，已經有不少員工先行求去。留下的，大多是公司的舊部屬，相信公司的人。相信公司，換來的卻是一無所有，卡將說的沒錯，他是大憨。

整個機器廠瀰漫一股沉重的氣氛。阿有的身體已經習慣機器廠運作，一下子突然停止，他感覺到渾身的肌肉都不對勁。這時，鈴木せんせい往阿有走來，這個曾要阿有無論如何留下來的老師傅，拍拍他的肩，說：「年輕，出去是好事。」

阿有看著鈴木せんせい全白的髮鬢，也只能點點頭。事到如今，也沒有其他方法。阿有離開家鄉，到北部應徵鶯歌紡織廠，雖然離家遠一點，但薪水多了兩百元台幣。隔年中和紡織烏日廠來挖角，阿有又到更遠的中部工作。薪資從一個月七百台幣，跳到一個月一千台幣。為了賺更多錢，阿有越跳越遠，但從沒想過要離開台灣島。

若不是鈴木せんせい勸說他到越南去，阿有打算再跳槽到遠東紡織廠。鈴木せんせい連續來家裡拜訪三次，說品興紡織廠的二經理和五經理到西貢創廠，需要人手。最後一次來時，鈴木せんせい沒有進屋，手扶著租來的泥土牆，對阿有說：「想有水泥房，去西貢。」

「安全嗎？聽說在打仗。」阿有看著兩歲多的囝子說。

鈴木せんせい嘆口氣說：「農民說看天吃飯，我們是看美國吃飯。越南打仗，西貢錢幣流通，世界的人都在那裡。」

「はい。」阿有一面允諾，一面抱起攀著他大腿的囝子。鈴木せんせい伸出手指逗弄囝子，囝子卻不知何故嚎啕大哭起來。

就在鈴木せんせい造訪後不到一個月，報紙刊登南越總統吳廷琰被暗殺的消息。報紙報導旁，放著一張叫阿有印象深刻的照片。一個著袈裟的僧侶坐在街路上，雙手合十。只能看見半邊的臉，表情痛苦，身體的另一半被熊熊大火吞噬。阿有記得幾個月前，各大報紙才大肆報導這起事件。佛僧釋廣德為抗議總統吳廷琰禁佛教，選擇在人潮眾多的范五老街自焚。照片傳遍世界，連支持吳廷琰的美國政府，也發出譴責。

阿有看著報紙照片，身體忍不住顫抖。從沒有過的不安感襲來，就像火光燒到衣角。卡桑也看見了，問：「西貢安全無？」

阿有不敢看卡桑的眼睛，翻到下一版，說：「無問題啦！傛多老同事佇該位。」其實，阿有心底也會驚，但是如果不去，妹妹們還沒嫁，家裡細人又多，永遠只能租別人的屋。

就在阿有猶豫不決時，鄉裡市場尾發生一件異事。黃家用來貯水灌田用的溜池，頭擺就聽說常在暗夜出現神火，政府實施街路擴大計畫，要把溜池整平，竟在池底發現一尊只有七寸的媽祖神像。這件事情一下子傳開，鄉民出錢出力，打算在填平的溜池上蓋間媽祖廟。在廟蓋好之前，媽祖婆神像暫時被擺在大樹下供奉。

媽祖婆管海，阿有想這一定是媽祖婆顯靈，要保庇他一路平安。他一連幾天到媽祖婆神像前燒香跪拜，發願在西貢賺錢回來，會多添香油錢。

隔年春天，出國前，老族長特地在祠堂席開三桌，宴請阿有。可以被老族長這般重視，是阿有從沒想過的。

從桃園機場出發這日，除了身體不好的阿瑞外，全家都來送機，還向房東借來一台照相機，全家人在桃園機場留下幾張難得的合影。那是阿有第一次摸到真正的相機，透過觀景窗，他看見卡將的綠色連身衣，看見穿著紅白條紋衫的春梅，還有穿著洋裝的小玉。卡嚓一聲，阿有把家人的樣子牢記腦海。

阿有先飛到香港啟德機場，再轉搭越南航空抵達新山機場。下飛機，公司派人來接他。接送的人不是別人，是老同事王森。阿有從鈴木せんせい那知道老張在這裡，但不知道老王也來了。以前在品興的時候，同事們最喜歡拿老張和老王來比較，戲稱：「老張一張嘴，老王一雙手。」他們同是上海人，性格卻天差地遠。

「阿有，好久不見。」老王主動上前握住阿有的手。他梳著旁分油頭，身著白襯衫、西裝褲，腳下著皮鞋。一副讀書人的樣子，如果拿本書，就像個大學教授了。

「沒想到在這裡見面，你全沒變！」阿有說。能在陌生的地方遇見熟面孔，阿有相當歡喜。

「哪裡沒變，頭髮都白了。三年前，我跟著經理來這，就聽說你要來，沒想到一等就是三年。」老王帶阿有坐上公司車，司機是個叫阿南的越南人。車子從機場往市區行駛，阿有隔著窗戶望著這個新世界，法國殖民留下的建築、連排梧桐樹、各種不同款式的車在街路穿梭。阿有深吸一口氣，想知道會不會連空氣的味道都不相同。由於長年在紡織廠工作的關係，阿有的聽力一年不如一年。倒是嗅覺越來越靈敏，常剛進家門，就知道今天晚上煮了哪些菜。

一股焦味摻雜在空氣中，竄入阿有的鼻腔裡，叫他又想起那張照片。不知道為什麼，他時常想起僧侶著火的畫面，並且忘不掉那條街的名字，范五老街。他麻煩老王帶他去晃一圈。車子來到范五老街，阿有搖下車窗左右張望。他知道范五老街是街路，卻沒想到比想像中更鬧熱。它鄰近濱城市場，街道右側是青綠公園，不少人在公園旁散步，或乾脆坐在欄杆邊緣休息、聊天。左側都是店面，招牌上寫著越南羅馬字。街路本身不算寬，卻有不少汽車、摩托車、三輪車、腳踏車來來往往。若不是有一股焦味從地面向上發散，阿有實在很難把這條街和那張照片聯想在一起。

「要下車走走？」老王問。

「不用了。」阿有答。他想，老王一定沒聞見那股焦臭味。

車子掉頭往另一端去，味道變得稍淡。大約半小時，窗外風景與剛才不大相同，招牌大多有兩種文字，除羅馬字外，還有漢字。阿有睜大眼睛默念：麗聲戲院、萬國眼鏡行、明星理髮、天虹酒店。路邊出現一間大廟，他轉頭問老王：「那是什麼廟？」

「天后宮，清代就有了。有四個華人幫會管理，包括廣東幫、潮州幫、福建幫和客家幫。下車看看吧。」老王向阿南說幾句越南語，阿南把車在路邊停下。

老王和阿有下車後，阿南將車往前開。阿有站在天后宮中央拱門下方，抬頭見上方掛著一塊匾額，寫著「穗城會館」四個金字，門前掛著兩只八卦燈籠。廟內外妝點色彩鮮豔的陶飾，裡頭有一銅鐘和銅香鼎，上頭插滿香炷。阿有走往正殿，望著媽祖婆神像，心底念著家鄉的媽祖廟應該快蓋成了，舉手合十，閉眼默念：「信徒陳有福出生台灣新竹湖口，為賺錢正來西貢，希望媽祖婆保庇，早日賺錢轉屋家。祈求媽祖婆保庇信徒全家平安。」

拜完媽祖婆，阿有望著神龕上的媽祖婆像，對老王說：「這裡不像外國。」

「你看媽祖的右邊，是龍母，傳說是戰國時代百越族的首領。左邊是金花娘娘，廣東人相信金花娘娘會保佑女人和小孩。」老王指著兩邊解釋。邊聽老王解釋，阿有邊雙手合十，右拜龍母，左拜金花娘娘，管祂什麼神，有拜有保庇。

「這一帶叫『堤岸』，華人多，不少有錢有勢，公司大股東就是這條街最大間酒店的老闆。但再有錢也得看政府吃飯，法國殖民的時候，華人發展得好。到吳廷琰，開始有些限制。」老王說。

阿有聽到熟悉的名字，問：「南越的總統『吳廷琰』？」

「是啊。雖然說吳廷琰對華人限制多，但他死的前一天，卻是去堤岸潮州幫大老馬國宣家避難，死時穿的還是馬國宣的西裝。這裡頭關係太複雜，不是我們這些小老百姓可以了解的。吳廷琰一死，就換楊文明上台，現在是阮慶，誰知道下個接班的是誰？這些我們管不了，也不用管，把錢賺夠，回家。」老王說完便領著阿有往廟前走去。

才剛離開家的阿有，覺得回家還是相當遙遠的事。他此刻只想好好休息，便問：「到宿舍還有多久？」

「廠房在堤岸外圍，不遠。我們先回宿舍，老張等著了。你和老張，」老王欲言又止，搖搖手說：「那麼多年，我提這做什麼。」

阿有笑了兩聲，他知道老王指的是他和老張相打的事。有件事老王不知道，那是在他和老張打架以後發生的。阿瑞剛滿三歲，連續幾天發燒不退，被送進新竹省立醫院。阿有一時籌不出醫藥費，向同事阿華借錢。阿華說得回去向老婆商量，隔日拿了兩千塊給阿有。阿有把整年加班費省下來，一年後還給阿華。阿華才說，那筆錢其實是老張給的，他轉述老張的話：「他說他沒孩子，沒負擔，不要緊的。他要我不要告訴你。這筆錢，我替你還他。」阿有想親自向老張道謝，但一遇見老張，只是點點頭走過，直到離職還是沒把話說出口。

車子駛離天后宮，那股焦味又變得濃郁起來。很少暈車的阿有，感到暈眩、噁心。他一路壓抑著想吐的衝動，等到車一停下，立即打開車門，一股腦往地上吐。

「沒事吧？」熟悉的聲音自前方傳來。

阿有見走來的那人腳穿皮質拖鞋、西裝褲、白襯衫，臉上掛著一副黑墨鏡，派頭像明星般，真是老張！他露出一口整齊白牙，笑著說：「怎麼，一見到我就吐！」

阿有擊出一拳，輕落在老張的左肩。老張順勢伸出右手，搭在阿有的肩上，說：「肚子的東西都吐光了吧。走，到附近吃飯，今天算我的。」老張和老王帶阿有到附近的一間專賣河粉的小餐館。阿有沒胃口，點了碗雞肉河粉，勉強吃掉半碗就回宿舍，提早上床休息。

阿有躺在床上，望著身邊白紗蚊帳隨風晃動。平日老覺得擠滿春梅與細人的床太小，如今一人睡一張床又覺得空蕩，心底想著老王說賺夠錢回家的事，也不知還要在這張眠床睡幾久？

觀景窗

隔日上工。廠房比他在台灣待過的廠房小，但設備全是新的。這裡的新式廠房盡多，除了他工作的成功紡織廠外，還有越南、越美、合成、東亞、東南……等好幾家公司。大部分都是各幫華人一起投資，再聘用像他們這樣從台灣過去的「專業技師」，負責指導機器運作和維修。至於現場員工有些是當地華人，有的說潮州話，有的說廣東話，也有越南人。一個小小廠房裡聚集各種語言，比起從前在台灣工作時還要多。

阿有很快體會到，語言背後有勢力的關係。最高的是當地的華人，有人脈、有勢力；他們這些海外移去的專業技工，憑著修理技術，也有一定的地位。最沒地位的，就是當地的越南人。他們多半負責現場的工作，或是一些打雜的，比如廚房煮飯的、司機和打掃的員工。阿有頓時因為自己的華人身分，在廠房裡抬到較高的地位，這是從前沒有過的感覺。

不過，再怎樣還是人家的員工。阿有牢記老王說過的話：「賺夠了錢，回家。」

廠房雖然只有過去工作大廠的四分之一規模，但在廠房裡，機器差不了多少，阿有很快摸熟這裡的機台運作。鶯歌和台中雖然不能說是家鄉，但至少還在台灣，搭個夜車就可以回家。現在沒有辦法，再回家起碼也是一年以後的事。

反而是工作時，因為熟悉廠房的環境，很容易忘記自己身在異鄉。好在公司常有急單，讓阿有日日加班，從早到晚待在廠房。身體夠累，就不會去想回家的事。

這裡的廠房比較不同的是，除了上方的天窗，壁面還開著一扇連著一扇小窗，窗邊沾滿棉絮。感到疲累的時候，他可以往窗外望，那些窗開在壁面上，就像從相機望出去的觀景窗。窗外有稻田、有雜草，還有一棵棵梧桐樹。梧桐樹像時時提醒他，這裡不是家鄉，多加班，多賺錢，好早點回家。

整整一個月，只有遇到放假日，有非得要出門辦的事，比如去堤岸理個頭髮、買點水果，阿有並沒有想出門的念頭。他和老王待在宿舍裡下象棋，度過休假的空閒日子。至於老張，則一到放假就不見人影。

一日，老張非要帶他去個好地方。阿有心底想，再好也沒有故鄉好。

他們傍晚時往西貢去，入夜的西貢還是一片喧鬧。老張帶他去的好地方，是一條霓虹燈閃爍的酒吧街。紅色、藍色、綠色，各種光把這裡照成另一個世界，所謂的五光十色、燈紅酒綠應該就是這樣。年輕細妹臉上畫著濃妝，眼睛像貓一樣。她們穿細肩帶、迷你裙，腳上踩著高跟鞋或露趾涼鞋，雙手塗擦鮮豔指甲。阿有看得目瞪口呆，他從來沒見過裙子穿得那樣短的細妹。

還有，不同聲音從四面八方傳來，英文、日文、法文、越南文，還有好多他也聽不出來的話。真識全世界的人全來這位了。

老張熟門熟路，推開其中一道門。酒吧裡，燈光昏暗，酒氣沖天，菸味繚繞，音樂聲特別大，是阿有聽不懂的英文歌曲。

「到西貢工作，沒來過這裡，不算來過！吳廷琰死後，這些酒吧、舞廳越開越多，跟上海有得比了。」老張拉著阿有，走近吧台，喊：「Mojito。」轉頭望向阿有。

「我不喝酒。」阿有搖著手，怕老張沒聽見。

「交個朋友總沒關係吧。」老張話才說完，一個細妹走來坐在他們之間，伸出一隻手來，拿起老張前方的酒杯喝了一口，留下半個鮮紅唇印。老張輕輕撫摸那隻白細手腕。

阿有也想伸手摸那隻手。但很快又打消那念頭，他不由得想起被頭家賣掉的雲姊，也想起在紡織機前工作的阿美，再想起春梅和細人。對自己有這樣的念頭，他懷著深深的罪惡感，不禁後悔跟著老張來，早知就跟老王待在宿舍。他起身往門口去，打算搭三輪車回堤岸，再步行回宿舍。

只要找到回堤岸的車就可以了。阿有一面想，一面推開玻璃門，逃難似往另一條街路快步走去。沒走幾步，老張從後頭跟上，拉住他的手，氣喘吁吁地說：「怎麼沒說一聲就走？再帶你去個好地方，這次保證你喜歡！」

老張帶他離開酒吧街，穿過幾條街路，來到一條寬闊大街。沿街綴滿的黃色燈泡把夜晚點亮。阿有目瞪口呆望著街邊擺滿各式各樣商品：玻璃瓶裝的紅白酒、香菸、收音機、攝影器材、軍用刀、軍服、軍用吊床，甚至高爾夫球具、網球用具、皮製大衣外套、香水和化妝品。幾乎都是全新的。吆喝聲、殺價聲，此起彼落。

「怎麼樣？沒騙你，是個好地方吧！」老張指著胸前口袋上掛著的墨鏡，說：「這玩意就從這買的。」

「這是哪裡？」阿有問，目光盯著一旁攤子上的相機。他一直很想要一台相機，但在台灣，一台相機要他好幾個月的薪水，根本不敢想。

「Post Exchange，三軍消費合作社的黑市。簡單來說就是給美軍和眷屬購物的免稅店，有的後勤美軍和這裡的商人『打交道』，把這些東西統統流出來。全是好貨啊！」老張發現阿有盯著街邊攤販瞧，拉他走至攤前。

阿有指著那台相機，正打算開口問賣貨的中年男人「多少錢」，老張搶先一步開口：「How much?」接著，小聲對阿有說：「這裡說英文才不容易被騙。」

「This camera was used for two years. Just 100 dollars.」膚色黝黑的中年男人用流利英文說道，打開相機鏡頭遞給阿有。

「相機用了兩年，一百元美金。」老張幫忙翻譯。

阿有接過相機，心底盤算著，越南月薪五百美金，雖說大部分要寄回台灣當家用，但還算負擔得起。他從褲袋掏出皮夾，買下夢寐以求的相機。他把相機背帶套上脖子，手握相機。將眼鏡對著觀景窗，透過鏡頭，他看見黃色燈泡一朵一朵開在街道兩端，整座城就像一艘浮在海上的船。他擁有了一台相機，以後，他還可以有更多東西，也許，真識做到頭家也無一定。

阿有站在船上，卡桑、卡將、春梅和細人都在岸上。他感覺自己隨著船，離岸緊來緊[62]遠。而他眼前的世界緊來緊大，也緊來緊看毋清楚。

可樂

自從買下相機，阿有迷上拍照。他想把從觀景窗看見的美麗，拍回去給細人看。一到假日，阿有開始背起相機往西貢去，把法式建築、街道邊整排梧桐樹以及路邊細妹，全都映入他的底片中。

這日，阿有又帶著相機準備出門。

「大攝影師，又要拍照啊？」老張坐在椅子上，雙手交叉。

「想說什麼就說。」住一起久了，阿有摸清老張說話的方式。

「我聽人說，最近華人的染廠到一個叫 Bẩy Hiền 的地方買胚布，品質挺好。那地方在西貢市的北邊，找個時間去繞繞？」

「我可以，等你有閒啊！」阿有回答。每到假日，老張都有理由出門，上次說要寄東西回台灣，上上次說得陪朋友去看醫生。大家心知肚明，老張的「細妹朋友」太多，陪都陪不完。

老張果然說過就忘。阿有決心不等老張，脖子掛上相機，獨自出門尋看。他帶著預備好寫上地名的紙片，讓三輪車車伕看過，見他點頭後上車。三輪車一路往北，在一條岔路口的路邊停車。下了車，阿有望著眼前岔路發愣，至少有六條或大或小的道路交會在這裡，到底該往哪裡走？

這時，對街一抹白色身影吸引阿有的目光，一個穿白長衫的細妹站在對街轉角，長髮隨風揚起。他忍不住舉起胸前的相機，想拍下她的身影。但因相隔太遠，被中間不時穿行車輛遮蔽，阿有沒有按下快門。他走過車河，來到她身邊。

「心羅。」阿有開口。「『心羅』是『拍謝』的意思。他到西貢工作一年，平日在工廠裡，老是和老張、老王共下。到堤岸剪髮、買日用品，用華語就行。他會的越南語就那麼幾個詞：「心照」是「你好」，「感恩」是「承蒙」。

見細妹轉頭看他，深吸一口氣，問：「請問 Bảy Hiền 怎麼走？」那細妹笑出聲來。阿有只好再說一次：「Bảy Hiền，七賢。」心底懊惱著：「毋知佢聽識無？」細妹盯著阿有上下打量。阿有不知道該看向哪裡，只能搔頭看著她笑。她有雙大目珠，鼻子小，下巴尖，皮膚偏白，頂多二十來歲。

「做什麼去的？」細妹寬而薄的嘴唇竟迸出華語。

儘管語法有點奇怪，阿有還是感到非常驚喜，能在出了西貢和堤岸，遇到懂華語的人。雖然知道對方聽得懂華語，阿有還是放慢說話的速度：「我在紡織廠工作，同事說那裡有很多紡織廠，想來了解。」

「跟我來。」細妹說。

阿有跟在那細妹身後，起先兩邊都是民房，路面寬闊，接著路越走越窄，僅剩左側有民房，右側是整排鳳凰樹。走到路的盡頭，遇見一株大榕樹，樹下有張低矮石椅。右邊無路，隨路左彎，走入更窄的巷道。只見民房相間，不時傳來雞啼，伴隨熟悉的紡織機聲。

「這裡就是的。」

「感恩。」

「沒關係。」

「拍謝，妳是華人嗎？華語說得真好。」

「我不是的。」

「那個，不知道，妳對這裡熟不熟，方不方便帶我去紡織廠？」細妹沒回話，應是猶豫，阿有補充說：「我叫陳有福，從台灣來，在堤岸的成功紡織廠做事，修機器的。」

「嗯，跟我來吧。」細妹說，往前走幾步，轉頭說：「我叫阿秋。秋天的秋。」

阿有在嘴裡默念一遍阿秋的名字，便跟在她後頭走，見她的長直髮披垂在背後，走路時，頭髮就像跳舞般左右搖擺。巷子窄小，頂多只能容納腳踏車或摩托車。穿過巷子，遇見一個類似圓環的空地，大約有四、五條巷子匯聚在此，每條巷子都傳來紡織機聲。大廠房裡的紡織機聲是碰、碰、碰，像重物撞擊地面的聲音，它們從四面八方包圍你，一開始會被這聲音驚嚇，但聽久了，會以為自己的身體就是紡織機的一部分，跟隨梭子穿梭經線與緯線間。但在這裡，紡織機聲從每條巷子間竄出，也許是隔著一些距離，竟像是各種打擊樂器的合奏，發出恰、恰、恰的節奏。阿有甚至忍不住跟著那些節奏，在大腿上輕輕打著節拍。他隨阿秋轉入其中一條巷子，節奏越來越強烈，越來越清楚。她在一間灰色的民房門前止步，這房子和一般民房沒有兩樣，大門敞開，門口堆滿雜物，外頭隔著鐵條圍成的牆，看起來不是入口。阿有從聲音判斷，裡頭至少有五、六架紡織機，他興奮地踮起腳往裡頭望。阿秋見狀，先噗哧一笑，接著說：「我先跟芳姊說一聲。」走向右側通道。原來那才是真正的入口。

過去都在大廠工作的阿有，沒見過這種家庭式紡織廠。站在廠房邊的阿有，第一次感覺到，那個只能在夢裡過癮的頭家夢，確實有成真的可能。

不多久，阿秋從右側入口探出頭來，向他招手。阿有快步走向阿秋，進門先見到一張木桌，桌子的左側有門，走進去才是廠房。三架紡織機靠牆面擺放，入口處旁的鐵架上掛著一粒粒白紗。兩個著花衣褲的細妹，站在機台前。腳上穿著夾腳拖鞋，細而長的指頭裸露在外。阿秋用越南語和她們交談時，阿有向她們微笑點頭。見她們交談著，便看著這些機器，它們都不是最新型的，每一台至少十年以上。鈴木せんせい曾說過，機器舊不要緊，只要有好師傅，再老舊的機台都可以織出好布。阿有一見機器吐出的平整布面就知道，這裡的師傅不簡單。他把胸前的相機舉起來，打算拍下給老張他們看。

正當他望向觀景窗，準備對焦時，從鏡頭裡看見有人正從廠房內側的門走出來。他放下相機。只見迎面而來的細妹頭髮盤起，目珠同阿秋一樣又圓又大，年紀似大阿秋幾歲。細妹開口問：「買布的？」

「來看廠房，打擾了，心羅！」阿有說。

阿秋和細妹兩人在彼此耳邊交談。只見細妹點了點頭，走回原來的門裡。

阿秋走近阿有，說：「她就是芳姊。芳姊說，別留太久，大家在趕工。」吐了吐舌頭：「我也要趕工。」

「好的，好的。」阿有抓緊時間繞廠房走一圈。廠房除了入口右側擺放紗線架，靠牆面處全是機台，空間有限，走道只能容納一人至兩人。阿有怕打擾人工作，若遇人就繞向另一邊。大致走過後，阿有走近阿秋，把兩手舉起做成話筒狀，連說幾次：「可以了。」阿秋便帶著阿有到廠房外。

「打擾太久，感恩。」阿有說。

「看完了？」阿秋問。

「差不多，可惜沒跟師傅問到話。」

「師傅？」

「就是修機器的師傅。」阿有的手擺出修理機器的動作。

「我姑丈，修機器的。我問問，你兩個禮拜後來的。」阿秋將長髮束起，一副準備進去工作的模樣。

阿有從胸前口袋裡掏出一張白紙和一支原子筆，靠在凹凸不平的磚牆上，寫上紡織廠的地址和陳有福三個字，再將這張紙遞給阿秋說：「這是我們工廠的地址，還有我的名字。」

阿秋拿起白紙看了看，將它對摺握在掌心。

「下次，如果有時間，可以請妳喝杯咖啡？」阿有問。

「沒關係的。」阿秋對阿有揮手，走進廠房。

阿有順著原路走回大馬路，坐上公車，到宿舍已超過晚飯時間，這是他第一次獨自在外待到天黑。他打開宿舍的門，坐在桌邊翻報紙的老張聽見開門聲，抬頭見是阿有，露出不懷好意的笑容，說：「怎麼，遇上『織女』不成？」

「我不是你。」阿有回。老張大笑幾聲，繼續看報紙。他和老王先前老是用「織女」調侃老張。「織女」指的是堤岸街路邊傳統織布廠的女工，以手動木織機織布。聽說她們工作、生活全在一起，幾乎都沒結婚。

手動木織機叫阿有想起阿美，當老張說想去「觀摩」時，阿有便跟著一道去。結果紡織機沒看到，倒是老張喜歡上其中一個織女。去了幾趟，送水果又送花，全被對方退還。「哎，我們新工廠搶人家多少訂單，當然不願意嘛！」老張這麼向調侃他的人抱怨。

阿有拿起盥洗衣物和臉盆走往浴室，心肝想：「沒想到，這擺換伍講偓。」

兩個星期後，阿有再次站在七賢四岔路上，卻忘記該走哪條路。他先選靠左的馬路，遇見下一條岔路時，撞見一間天主教堂坐立中央。阿有知道走錯了路，折返岔路，向右走另一條，總算對四周民房有些印象，約十來分鐘左右，終於就來到圍著鐵欄杆的民房工廠。他探頭探腦站在右側入口外，只見木桌後坐著一個頭髮全白的男人，正在看報。

「請問，」阿有說，「阿秋在嗎？」

「秋？」那男人抬起頭，重複這個字，見阿有點頭回應，就走進廠房內。不多久，阿秋跟在男人身後走出來。她穿著淺紫色布衣褲，腳踩夾角拖鞋，雖是日常穿著，但紫色將她的膚色襯得更紅潤，看起來有股成熟的韻致。她的頭髮上有一些棉絮，更顯得髮色烏黑。她的手把散落在耳邊的髮絲勾入耳際，那是一雙有著纖長指頭的手。她的手，竟也這般美！

「福哥。這位是姑丈的。」阿秋說，見阿有沒反應，又再喊了一次「福哥」。

阿有這才意會過來阿秋是在喊他，從前沒人這麼叫過他。他連忙鞠躬說：「姑丈好。」把隨身帶來的一盒蘋果，雙手遞上。姑丈說了幾句越南語，把蘋果放在桌上，伸手指著桌旁的長板凳，請阿有坐下。也許是假日，機器運轉的聲音比起上一次小上許多，不妨礙談話。

「姑丈華語不好的，我來翻譯。他說，不要客氣的。你可以問，他知道就會回答的。」

「感恩。」阿有向姑丈點頭致意，便問：「這些機器怎麼來的？」

經過阿秋翻譯，姑丈點點頭表示了解，看著阿有解釋。阿有一句也聽不懂，只能望向阿秋求救。

「姑丈說，有的跟華人買的，有的是日本人，都是二手的。沒有的，就自己做。」阿秋說。

姑丈邊聽阿秋說話，邊點著頭。接著，起身走向廠房，阿有跟在他身後。姑丈蹲在一台沒有運轉的紡織機旁，指著其中一個零件講了幾句話後，看向阿秋。

「像這，手工製的。」阿秋說。

阿有仔細看著手工打磨的零件，想起在品興試著自製紡織機的時光。

「姑丈說，華人會做生意的，買我們做的布，染過再賣，多賺好多錢的。」阿秋說。

阿有聽了搔搔頭，不好意思地笑說：「用一盒蘋果換姑丈的經驗，我真的賺太多。」

姑丈聽了阿秋的翻譯後笑了笑，拍拍阿有的肩膀，說幾句話。

「姑丈說，如果有問題，歡迎你來的。」阿秋說。

阿有再次向姑丈道謝，準備離開。姑丈向阿有揮手表示再見，由阿秋送阿有到圓環。

「有時間喝杯咖啡嗎？」阿有摸了摸頭髮，鼓起勇氣，低著頭說。

「在那吧。」阿秋大方指著圓環一角說。

阿有順著阿秋手指的方向看，發現那裡竟有間涼水鋪，如果不注意看，還以為是一般人家。店裡擺設十分簡單，三張矮桌、幾張矮凳。引人注目的，只有攀爬在屋外的珍珠花。堤岸也有很多這種花。最初，他是聽雲姊這麼喊這花的名字，雲姊發癲後，常把這花掛在耳際。後來，他知道這花有別的名字，但他還是習慣喊它珍珠花。

他們一同走進涼水鋪裡，選擇靠門的矮桌椅。阿秋對年輕瘦削的老闆說：「cà phê nâu đá」。向來點可樂的阿有，模仿阿秋說：「卡啡娜拉」。因發音不準確，阿秋摀著嘴笑。

「福哥，怎麼對 Bảy Hiền 有興趣？」阿秋問。

「我說了妳不要笑，我想開一間自己的工廠。」阿有搔了搔頭說。那天見了 Bảy Hiền 後回去，跟老張討論一番，老張也顯得很有興趣的模樣。當頭家的大夢就這樣做下去。

「開工廠，很好的。怎麼要笑？」

「是啊，很好的。」阿有看著阿秋，重複著從她口中說出的話。阿秋被看得有些不好意思，看向門外的九重葛。阿有見狀，發現自己失態了，趕緊找別的話題：「姑丈講到機器，面色嚴肅，很像我師傅鈴木せんせい。要不是他，我不會來西貢。」

這時，老闆端來兩杯冰茶和兩杯冰煉乳咖啡，阿有學阿秋將熱咖啡倒入玻璃杯裡，用長柄湯匙攪拌著。

「沒喝過？」阿秋問。

「喝過，都是工廠的大姊煮的。一大壺咖啡，加班時喝，沒喝過這麼『工夫』。」阿有舔了一口湯匙上殘餘的咖啡液，說：「好甜，好喝。」

「工夫？」阿秋重複一次阿有的話。

「就是花時間慢慢來。」阿有說：「我們客家話。」

「你家鄉如何的？」

「沒什麼好說，很窮的農村，土留不住水。比不上西貢。」

「福哥，喜歡西貢？」

「當然，西貢是我看過最先進的地方。不過，」阿有說：「哎，也沒什麼。不說這個了。」阿有喝了一口咖啡，把擔憂的話壓在心底。

畢竟越南還在打仗啊！誰會贏，誰會輸，都還是未知數。誰能保證美國人能打多久呢？誰又能保證他能待在這裡多久呢？望著眼前雙手捧著玻璃杯，啜飲清澈透綠的茶的阿秋，阿有突然希望能就這樣一直看著她，很久很久。

他一口飲進杯中的咖啡，對老闆喊：「cola，感恩。」一瓶玻璃瓶裝可樂即刻送到眼前。還是可樂好，喝了就快樂，沒有咖啡的苦澀，只有一口飲盡，爽快的甜。阿有喝了一大口，一手緊握玻璃瓶，想牢牢抓住一點夢想。

家書

阿秋提到想到堤岸買布，於是有了這次約會。

站在對街的阿有，看見穿著水藍長衫的阿秋，正站在擺滿花樹盆栽的街路邊。他舉起相機，望向觀景窗，調整適合的角度，拍下這一幕。放下相機，他往阿秋走去。

「心羅，等很久？」阿有問。

「福哥，不久的。」阿秋說。

「跟我來。」阿有帶阿秋走到一個小圓環，再往較窄的街路走去。店家與店家之間有道門，阿有拉著阿秋的手臂往人群裡擠進去。裡頭全是布行，一家挨著一家。時見年輕男人將布捲扛在肩上穿行。

「小心錢包。」阿有提醒。

「我知道的。」阿秋說。阿有這才想起比起阿秋，自己才是外地人，不好意思地笑了。突然，阿秋牽住他的手，阿有一時不知如何反應，只覺心臟跳得特別用力，不斷撞擊胸腔，發出恰碰、恰碰的聲響。那一瞬間，他覺得自己是阿秋操作的紡織機台，被她細白纖長的手指撫摸。阿有剛墜入美好的幻想中，阿秋卻鬆開手，往一旁商家走去。阿有站在原地，看著阿秋的背影。這不是做夢，他的掌心還留著她的體溫。

「好看嗎？」阿秋隔著人群大聲問，手指掛在店家外頭的一件鵝黃色布料。阿有沒仔細看便不停點頭，走到阿秋身旁。

「妹妹是華人？」店家老闆娘說，「皮膚白才能穿這色。這先生真好命，太太真靚。」

「我不是華人，他是。」阿秋看著身旁的阿有一眼，說：「他不是我先生。」

「現在不是，以後也會是。像這塊布，終要遇妳。」老闆娘拿起布攤開，鵝黃布綴著幾朵手工繡的橘色小花，美麗又不失可愛。

「就這件。」阿秋說。

他們走出布市場，兩人都不說話，走了一小段路。阿秋穿過馬路。一輛腳踏車停在路邊，老闆斜倚座位上抽菸，車旁擺著三個透明魚缸，數十尾紅金魚在裡頭竄動。阿秋蹲在路邊專注看著。

「老闆，這幾多錢？」阿有問。老闆先指向掛在後座的圓口小魚缸，再指前方大缸裡的金魚比「二」，最後自腰帶包拿出兩張一塊美金。阿有明白老闆的意思，比出OK，掏出皮夾付過錢。老闆用木杓舀起大魚缸的水，倒入小魚缸裡，再撈起兩尾金魚放入小魚缸中，雙手遞給阿有。阿有把魚缸放在阿秋面前說：「送妳。」

阿秋看魚缸裡正在適應新環境的金魚，說：「魚缸回去，水都光的。你比較近，你帶回去養，我會去看牠們的。」

阿秋離開後，他抱著魚缸一路走回宿舍。老張見阿有捧著魚缸回來，露出不懷好意的笑容。阿有不理睬他，把用來放臉盆的櫃子移到窗邊，再將魚缸放上去。倒些飼料進去，兩尾金魚浮上水面，張開圓嘴啄食，叫阿有想起阿秋兩片薄薄的唇。

老王從外頭進來，見阿有望著魚缸發呆，把一旁紗窗關上，說：「外面野貓多，小心點。」

兩尾金魚活一年，死了，阿有再買兩隻回來，阿秋還是沒來。兩人每隔一段時間會見面，一次是阿有到 Bảy Hiền 向姑丈請教機器的事，另一次是阿秋送樣布來堤岸的染廠。一轉眼，過了三個中秋。

沒多久前，卡將買了鎮上一間水泥房，雖然屋不大，但總算有自家的屋。但他還沒有打算回家，卡將也希望他留在西貢，可以再多賺一點錢。阿有也漸漸適應這種離家的日子，只是每到中秋，還是不免想起細人。

阿有到越南才發現，越南人也過中秋，他們叫它「望月節」。和台灣不同的是，望月節也是兒童的節日，街路上到處可見細人提著鯉魚燈籠。頭一年，阿有不了解為什麼中秋要提燈籠。老王告訴他，越南有個傳說，一個名叫阿貴的小孩，手提菩提樹枝四處替人醫病，有一天，他手中的菩提樹突然飛到天上，把阿貴也帶到月亮上。所以每到這一天，就要提燈籠紀念他的善行。阿有望著天上又圓又大的月光，想起屋家裡的五個細人。他突然有一種錯覺，好像那五個細人就在那月亮上對他笑。

每年望月節，也許是太想念細人，又或是窗外的月光太亮，阿有總睡得不好。這一年的中秋夜也是一樣，眼睛雖閉著，卻怎麼也睡不著，聽著隔壁床老張的打呼聲到天光。阿有乾脆提早到工廠，工作時就不會東想西想。一進工廠大門，管理員朝他打招呼，遞來一封信。阿有接過信，往廠房內走去，邊走邊拆開信封，心想：「阿瑞正來過信了，仰又有信來？係屋家有麼个事情無？」

打開信，看了幾行，阿有靠向右側的牆，雙手顫抖。五經理經過，停下腳步，問：

「發生什麼事？還好？」

阿有無法回答，五經理拿起他手中的信，見信中寫道：

大哥，

阿瑞前日氣喘發作走了，後事辦妥，母親吩咐，過年再回。勿哀。身體保重。

弟　滿福

民國57年9月5日

信中註明的日期是半個月前。五經理皺了一下眉頭，把信摺好，放入信封，再拍拍阿有的肩膀，說：「節哀。今天別工作，出去走走。公司會補助喪葬費，還需要什麼，儘管跟我說。」

阿有沒有答聲，只是望著前方廠房裡的紡織機，不斷吐出白布，那白色似乎比從前都蒼白，像一件長長的喪服。五經理嘆口氣，往辦公室走去。阿有仍舊站在原處，似停擺的機器。有些同事得知消息，有的人搖了搖頭走過他身邊，有的人說聲「節哀」。他不知該如何反應，決定回宿舍睡一覺，說不定醒來以後，阿瑞就回來了。

然而，躺在床上的他只覺得頭疼欲裂，根本不能睡。眼睛一閉，阿瑞就出現，瘦夾夾的身體，兩隻又圓又大的目珠，對著他喊：「阿爸。」阿有舉起手，用力捶大腿，想再確認一次，這不是一場夢。

這不是一場夢。阿有離開宿舍往外走，不停地走，卻不知道該去哪裡？能去哪裡？此時，一輛計程車靠近路邊，搖下車窗，司機探出頭來，指著後方座位。

阿有沒法度決定任何事，既然司機問他要不要上車，他就上了車。他聽見自己反覆地說一個地名：「Bảy Hiền。」他感覺這副身體不是自家的，只是一台不知道為什麼不停運轉的機器。

在七賢四岔路口，司機放阿有下車。阿有看見自己的身體，憑著記憶走往阿秋的紡織廠。恰、恰、恰，紡織機的聲音從圍牆那頭傳來，他背靠牆蹲坐，想休息一會兒，卻不敢閉上眼。兩眼圓睜，望著對面的民房，等待時間一分一秒過去。

一陣悉悉簌簌的聲音從右側入口傳來。

「福哥，發生什麼事的？」阿秋的聲音像從井口傳進來，而他坐在深井的底部，很想回應，卻什麼話也說不出。阿秋抓住他的手臂往上拉，說：「我陪你回去。」

兩人一前一後走過巷子，來到大路。阿有什麼話也沒說，阿秋也什麼話都沒問。阿秋帶著阿有搭上公車，一路上，她仍然緊抓阿有的手臂，怕一鬆手，阿有掉到另一個世界。兩人在西貢市下車，阿秋帶著阿有到西貢河邊。她放開緊抓的手，背椅欄杆，望著阿有問：「發生什麼事？」

阿有直視前方滔滔流水，掏出滿福寫來的信，遞給阿秋。阿秋讀信的時候，阿有看見一朵不知哪裡飄來的珍珠花，在河中載浮載沉。他想喊「莫走」，卻什麼聲音也發不出。

「我爸，很早不在的。」阿秋手倚欄杆望向河面：「我六歲，有天晚上，我爸問我，喜歡吃什麼？我說甜粥的。早上，桌上擺著一碗飄著芋頭香的甜粥。我母坐在桌邊哭，說我爸去打仗的。過了好久好久，村裡的人越來越少，有的也去打仗的，有的搬走的。有天，有人告訴我母，我爸死了。」阿秋吸了吸鼻子，聲音變得哽咽：「我母聽到，沒有哭的。帶著我，跟姑丈往南方逃。我故鄉在中部，靠海的，沙很白。我爸常帶我去海邊，他採海草，我撿貝殼。他把貝殼串成項鍊，送給我的。貝殼不是珍珠，不是貴的，但我很珍惜的。逃難時，項鍊不見，我哭，要回頭找，我母不准的。到了西貢，我們什麼都沒有的。我母在餐廳打工，姑丈踩三輪車。我跟在表姐身邊。幾年前，我母也走了。」

阿有認識阿秋一段時間，從來沒聽過她講自己的事。阿有想把自己的事告訴阿秋，卻無法說。只好從襯衫口袋裡，抽出阿瑞寄給他的一疊信，拿給阿秋看。

阿秋自阿有手中接過信，最上頭的那一封看來仍新，信封開口有撕開的痕跡。她試著辨認上頭的中文字，慢慢地念：

阿爸，

家裡一切平安。小弟過完暑假，就要讀小一了。阿母希望您寄些現金給她，阿婆分配的不夠用。我們都很想念您。祝您

工作順利　身體健康

女兒　瑞

民國57年8月20日

「這細人長得和她母很相像，從小就乖，會幫忙照顧兩個小弟。就是身體不好。」阿有每說一句，就停頓一下：「就是太乖，講什麼全點頭。我來這第一年，全家都來送機，我想她身體不好，車子不夠坐，要她別來，她也點頭。頭一年，幾個細人覺得好玩，會寫信給我。後來，只有阿瑞繼續寫。」有一顆眼淚從阿有的眼眶裡滴了下來，恰好滴在信紙的邊緣。阿秋趕緊把信拿開，怕淚水把字暈散。她將第一封信往最下面放，讀起第二封、第三封：

阿爸，

身體好嗎？阿公這幾天感冒，常在夜裡咳嗽，已看過醫生，沒有大礙。同學們問起

阿爸的事，我說阿爸在國外工作，他們都說羨慕我。但是，我也羨慕他們。阿母說，阿爸賺夠錢就會回來了。我想，阿爸一定快回來了。祝您

身體健康

女兒　瑞

民國56年8月30

阿爸，

家中一切平安。勿念。小玉都上小三，個頭比我還高，還是愛哭，前天因為大家都忘了她生日，躲在棉被裡哭好久，棉被都被哭濕了！阿爸能不能寄個小禮物回來給她，別說是我給您寫信的。

女兒　瑞

民國55年9月3日

阿爸，

近來好嗎？阿母平時很堅強，今晚卻在夜裡偷偷擦淚。阿婆把你寄回的布全分給姑姑們了。以後您寄東西回來時，別忘了在信上加註給阿母的那份。祝您

事事如意

女兒　瑞

民國54年4月7日

「好好的女兒。」阿秋說。

阿有一手摀著鼻口，流淚不停流。阿秋讀著最後一封信：

阿爸：

今天是冬至，家裡拜拜，小弟說，圓形是粄圓，方形是豆干，要留給您回來吃。我們都想念您，期待您回來團圓。祝您

平安健康

女兒　瑞

民國53年12月22日

河面上已經看不見那朵珍珠花，可能沉入水底，也可能漂向更遠的地方。阿有放聲大哭，他知道，阿瑞永遠不會回來了。

阿秋的鑰匙

隔日，阿有把加班費用報紙包裹住，信封上署名「邱春梅」三個大字，寄回台灣，這是第一次信封沒寫卡將的名字。

他更確定要在西貢開廠這件事。他對老張和老王說：「工廠若開成，就有才調把春梅和細人接來。」他們討論過，堤岸好處是華人多，交通便利，缺點是租金貴。Bảy Hiền 在西貢邊郊，交通沒有堤岸方便，租金卻便宜一半。只是，Bảy Hiền 華人少，沒有地緣，得請阿秋幫忙尋問合適地點。阿有沒向老張和老王提起太多阿秋的事，只說那裡有朋友可以幫忙。

老張不放過阿有，推了一下他的肩膀，說：「口口聲聲說為了春梅，我看是為了那個『織女』吧。」

阿有沒有反駁，他和阿秋確實「共下」了。老王見狀，沒說什麼，拿起香菸和火柴，走了出去。

他和阿秋一放假就相約「看屋」，經常邊看邊挑剔：「牆面落漆，蓋很久了？」「通風不好。」「這空間怕不夠大。」有次剛看完一間距離岔路較近的民房，阿秋紅著臉，低著頭說：「屋主說，兩個夫妻，不用那麼大的房子的。」阿秋笑得很甜，阿有不知該如何反應，滿懷愧疚地鬆開牽著阿秋的手。

除了看屋，他們有時也約在堤岸的電影院。阿秋會配合他看華語電影。其實看什麼電影，阿有無所謂，他來電影院只有一個原因，這裡是除了旅館之外，唯一敢握阿秋的手的地方。阿有知道自家滿手厚繭，關節突出，全是長年修理機器磨出來的。怕弄痛阿秋，只敢輕握。他喜歡坐在電影院裡，看別人的故事，那讓他可以暫時忘記自己的故事。死去的阿瑞、等待的春梅，不時問他何時加薪的卡將。阿有有時會藉著銀幕的光偷看阿秋，他沒有太多奢望，只希望日子可以一直這麼下去。

一切變化始自一九七五年春天，五經理說，工廠要出資讓台灣員工的眷屬到西貢。阿有得知消息，沒有太多欣喜，整日想要如何對阿秋說。隔日放假，和阿秋相約看屋。他早上先到廠房巡過一圈，下午搭車到 **Bảy Hiền**。接近七賢四岔路口，幾輛軍用吉普車從 **Bảy Hiền** 湧出，上頭全坐著荷槍的軍人。阿有加快腳步走進圓環，除了雞鳴，沒有一架紡織機的聲音。到紡織廠，見芳姊呆坐在木桌後，他心肝想一定發生什麼事，便快步穿過紡織機間的狹窄走道，推開盡頭的門。阿秋果然在裡頭，她平躺在行軍床上，面色蒼白。

「還好嗎？」阿有蹲下身問。

「沒關係的。本來帶你去看廠房的，不過，房東走了。」阿秋說。

「這裡出什麼事？我在路口看到軍隊。」

「芳姊說，那戶人家，支持北方的。」阿秋說：「軍隊得到消息，一大早來，每間搜查。我緊張，不小心割到手，就暈過去。」

阿有注意到阿秋的手指包著白紗布，把阿秋纖細的手指襯得更讓人憐惜。阿有輕握阿秋的手腕，端詳傷勢，問：「有好點嗎？」

「沒關係的。」阿秋說。阿有知道，阿秋就算有關係，也不會告訴他。看著虛弱的阿秋，對於春梅要來西貢的事，他實在說不出口。

自那天起，**Bảy Hiền** 不時傳出又有空屋。阿秋對看屋的事變得更加熱中，兩人甚至沒空去電影院。

「這房子十年的，空間夠大的。」阿秋說，似乎對這裡頗滿意。

「我回去跟老張討論。」阿有回答，他希望阿秋安心。只是，春梅下個月要來西貢的事，還沒對她說起。

阿秋見阿有整天眉頭緊鎖，問：「機器有狀況？」

「機器是老張那裡談的，應該沒問題。」阿有頓了頓，說：「有件事，想跟妳商量。」

「什麼事？」

「春梅，下個月來。老張和老王的太太們也一起，待一段時間。」阿有見阿秋沒有答話，接著說：「最多兩個月。」

「她來以前，」阿秋定定看著阿有說，「我們先把租約簽下。」

半個月後，機器就運到這間屋裡，牆邊掛滿一粒粒白紗。阿有牽著阿秋的手，兩人一前一後走在機台與機台之間。

「不管發生什麼事，你都會留下來嗎？」阿秋在後頭問。

「廠房都訂下，機器也來了。」阿有停下腳步，把手中鑰匙放在阿秋的掌心裡。

阿秋握住鑰匙，將頭枕在阿有的肩上，輕聲說：「你的味道，常讓我想起爸爸的。」

「那是什麼味道？」阿有舉起衣袖靠向鼻子，除了阿秋的髮香，他什麼味道也聞不見。

管他什麼味道！阿有這下只想緊緊擁著阿秋，這個細瘦的細妹。他知道自家這世人注定虧欠阿秋。共下多年來，阿秋沒告訴他，但他知道阿秋懷過孩子，卻不知何故沒有了。阿有心底滿懷歉疚，卻還是無法給阿秋一個答案。他能給的，只有這支鑰匙。

兩張機票

春梅來了以後，阿有走不開，放假得陪太太們，心肝卻不時惦記阿秋。誰知時局變化太快，等到炸彈落下、老張決定帶清雲搭機回台灣，阿有才醒悟，該是時候要決定了。他得給阿秋、給春梅一個答案。如果留下，就回不了台灣。如果回台灣，阿秋該如何是好？阿有躺在床上，想不出一個答案。

「阿有，阿有。」阿有自夢中驚醒，看見春梅搖著他說：「你緊喊：毋要，毋要。發夢係無？」

「佢發夢到阿瑞。佢佇頭擺租的屋家門口，沒著鞋。佢喊佢，佢無講話，緊笑[63]。

63 緊笑：不停笑。

俇想行過去，佢就毋見了。」阿有說。他沒說，在夢裡的那個人影，有時是阿瑞，有時又變成阿秋。

春梅拿起一旁的毛巾，替阿有擦著汗，嘴裡念：「毋要想了，阿瑞走恁多年，毋要想了。」

阿有沒有再睡。隔天一早，帶著僅剩積蓄，到城裡找認識的人幫忙買機票。他先去以前跟老張去過的酒店，找經理幫忙，櫃台的細妹告訴他，經理早走了。他又跑去熟識的染廠，還是尋不到人。阿有才明白，他認識的人全都離開。他能找的，只剩阿秋。

阿有循著熟悉的路，來到他們第一次認識的街口，街道空空蕩蕩。他往大路走，穿街道，轉入巷子，沒聽見紡織機的聲音。他走到阿秋所在的廠房門口，就像昨日剛來過，右側鐵門緊掩，阿有拍著門喊阿秋的名字。

過一會兒，阿有看見熟悉的身影自廠房走出，朝他走來。

「你來啦。」阿秋說，沒有把門打開，他們隔著長條狀交錯的鐵門對望。

「妳，還好嗎？」阿有問。

「工廠停工的。」阿秋不直接談自己，卻談起工廠。眼神沒有看阿有，低頭望著地面。

「我，我們，要回台灣。」

阿秋隔著鐵門，遞給阿有一封信。信封是空白的，沒有寫上名字。阿有打開信封，裡頭沒有隻字片語，只有兩張機票。

「怎麼有？」阿有問。

「芳姊給的。」阿秋說：「她以為，我要跟你走的。」

「機票，」阿有吞吞吐吐：「只有兩張。」

「不夠？」阿秋盯著阿有問。阿有不敢抬頭看她，幾分鐘後，聽見她的拖鞋聲，噠噠，越走越遠。阿有見阿秋走入廠房，他連忙走到圍牆邊，踮腳望著陰暗廠房。只見阿秋蹲坐廠房中間，被紡織機包圍著。他清楚聽見阿秋啜泣的聲音。

「阿秋。」阿有叫喚著。阿秋起身，往廠房盡頭跑去，沒再出來。

阿有帶著兩張機票回宿舍。先搭計程車到西貢，又從西貢搭三輪車到堤岸天后廟，下車後一路走回宿舍。他的臉上沒有任何表情，像台機器般，不停往同一方向前進。他不知道自己如何回到宿舍門口，推開門，見春梅站在窗邊，逗弄金魚。

「買到機票了，三天後起飛。」阿有說，聲音沒有起伏。

「三天啊。」春梅嘆口氣。

阿有聽到春梅的回答，以為她嫌久，一股怨氣往上提，大聲罵道：「妳以為這下機票要買就買得到？妳想還佇旅行？這下是『逃難』，餔娘人知毋知？」

春梅沒有應聲。阿有見她不說話，發狂似拿起東西就摔，老張的陶瓷菸灰缸、老王寫字用的硯台，還有房內用來隔間的幾盆盆栽。整間宿舍，就像一塊經緯雜亂的織布，看不出原來的樣子。這時，擱在窗台前的魚缸發出聲響。僅存的紅金魚焦躁不安來回游動。阿有看著那尾魚，決心明日再去一趟 **Bảy Hiền**。至少，再見阿秋一面。

「偓稍早還要出門。」阿有撿起硯台，放回老王的桌上。

「偓也想要去西貢。」春梅說：「偓兜有訂長衫，無定做好了。」說完便走到外邊把掃把拿進房裡，將地面的塵土、碎片掃進畚箕。

阿有坐在床沿，望著春梅彎腰掃地的背影，一股衝動襲來，按捺不住。他走近春梅，左手從背後擁著她，手掌握住她的乳房，右手褪去自己的西裝褲，再把春梅的裙子撩起，撥開內褲從背後進入她溫暖豐厚的身體之中。遠方傳來似砲彈爆炸的聲響，不知道會不會落在宿舍？但是他不想管了。他需要這份溫暖包覆，只想往返抽動，堅決進入那溫熱的巢穴。砲聲隆隆，使他心跳加速更為鼓舞，猛力向陣地突刺。春梅被阿有突如其來的舉動嚇到，但阿有的堅挺讓她有種舒服的痛，不自覺夾緊雙腿，低聲悶哼。就在阿有撞擊春梅最深處的同時，他看見春梅粗厚的手撐在桌面上。他猛然想起阿秋細瘦白嫩的手指，啊，精液瞬間流出。他喘著氣靠在春梅的背上，感覺到自己隨後垂軟下來的生殖器。兵敗如山倒，說的大概就是此刻的他吧。

隔日一早，阿有把機票放進右側口袋，又把老張託付給他的布包裹塞進左邊褲袋。

「底背係麼个？」春梅指著那個布包裹問。

「老張喊俚拿分佢細妹朋友的。」阿有說。

「你的細妹朋友呢？」春梅邊問邊摺著手邊的衣服。

阿有沒有答話。

兩輛三輪車先後停在范五老街的街口，春梅說訂做長衫的裁縫店在這條街附近。阿有掏出褲袋裡的錢，打算拿給領頭的車伕。車伕伸出乾瘦黝黑的手，指著阿有手腕上的手錶。這手錶是日本 Seiko 公司出產的，阿有到西貢第二年買的，跟著他十年了。這個時局，鈔票不管用，他看著車伕身上發黃破舊的襯衫，知道他也是甘苦人，不管怎麼努力踩踏腳上的踏板，也走不出這座城。即使不捨，阿有還是脫下手錶，交給車伕。車伕被曬得黝黑的臉，終於露出一點笑意，向另一輛三輪車吆喝一聲，兩輛三輪車一起往前行去。

阿有望著這條街道，想起多年前抵達西貢的第一天，他因為釋廣德自焚的事件，特地繞來這裡看看。這城市的繁榮時常讓人遺忘戰爭還在進行。只有，僑報上偶爾刊載的狙擊事件、路邊行經的軍人，才提醒人們，戰爭不在遠方。

戰爭不在遠方，是他自己忘記了。阿有彷彿又聞到那股焦臭味，一手緊摟魚缸，一手伸進襯衫口袋，拿出捲起來的紙張，塞入春梅掌心裡，吩咐：「這係機票，一定要拿好。」

「好。」春梅把機票放進外套內側口袋裡。

「妳自家要注意安全，頭下行的路有記得無？若係認毋出路，直接坐三輪車轉宿舍。過兩點鐘，佇這條街路口等。」

「好。」春梅向阿有揮手，往前行，不時回頭看。阿有站在原地，直到春梅的身影轉入另一條街，才招來一輛計程車，往 Bảy Hiền 去。

阿有站在初見阿秋的轉角，整整一小時，沒有勇氣再往前一步。這時一輛計程車經過，阿有舉起手，坐入車裡。

「西貢，酒吧街。」

車子轉頭，駛離岔路。阿有知道自己不能回頭，不會回頭。

時間還早，酒吧街的霓虹燈全是暗的，這裡的人活在暗夜。阿有猶記得第一次和老張來到酒吧街的場景。他朝街尾走去，在轉角酒吧停步，推開深咖啡色玻璃門，地面幾個酒瓶散落，一股混著嘔吐物與酒味的惡臭襲來。身穿紅色細肩洋裝的細妹倒趴在吧台上，是紅兒。老張第一次帶她來聚會時，她也穿著類似的紅色連身裙。

「紅。」阿有在門邊叫喚她，濃烈酒臭讓滴酒不沾的他不敢走近。紅兒沒有醒來，阿有只好忍耐難聞氣味，走到紅兒身邊。他把魚缸放在吧台上，昏暗的藍光讓紅魚變成紫色。

「紅。紅。」阿有伸出手搖一搖紅兒的肩膀。她微微動了一下，慢慢把頭抬起，睜開眼睛。

「是你呀。老張呢？」紅兒笑問，一臉宿醉未醒的模樣。

老張曾說紅兒年輕，學習力強，遇見一個男人就會說一種語言。華語、英語，還有日語，紅兒都能說。老張還說，紅兒有個女兒，混血的，生來就沒爸爸，現在跟奶奶住在大勒。老張對阿有說過：「你別小看她，錢一攢下，就往大勒寄，說要讓女兒到美國念書，當個美國人。」

阿有看著眼前醉醺醺的紅兒，不知該怎麼提起老張的事。

紅兒見阿有不說話，抓起一旁玻璃杯，飲了一口，說：「老張和他太太走了吧。」

「紅兒，不好再飲了。」阿有把紅兒手上的玻璃杯拿開，掏出口袋裡老張交代的東西遞給紅兒：「老張要給妳的。」

紅兒伸出塗著鮮紅指甲油的手，打開布包裹。一只做工精巧的血色玉鐲，靜躺在白手帕裡。紅兒拿起玉鐲，穿過左手，口裡喃喃說：「當時說貴，不買，現在買，什麼意思？」阿有發現她眼睛裡布滿血絲，那紅不亞於手腕上的血玉。

「紅兒，保重身體。」阿有說，「有件事想拜託妳。這尾金魚……」

「要給阿秋？」紅兒把視線從玉鐲上移開，看著阿有。臉上恢復慣有的笑容，一種似笑非笑的魅人神情，像一張面具。有次同事聚會，老張帶紅兒，他帶阿秋，她倆都是中部人，有共通話題。

「不自己拿？」紅兒問。

阿有沒回答，把從紅兒手中搶過的殘存烈酒，一口喝下肚。

難得飲酒的阿有，整張臉瞬間漲紅，一句話也擠不出。

「**Fuck**！男人都一樣。」紅兒伸出手指逗弄魚缸裡的金魚。也許因為一路顛簸，那尾魚沉在魚缸最底處。

阿有闔上酒吧的門，一路走回與春梅相約之處。他遠遠見到春梅靠在牆邊，兩手空空，四處張望。他走過去，問：「無尋到？」

「尋到了。」春梅說：「毋過無人在，就算了。」

「係啊，算了，算了。」阿有連說了兩次，嘆了一口氣，牽起春梅的手，沿著西貢河，一路走回宿舍。

花落水流

趕赴機場前，春梅在床邊呆坐著。除了偶爾傳來的爆炸聲，工廠一角毀損，這裡和剛來時沒有兩樣。大部分日用品都還留著，老張、老王沒帶走。疊好的枕頭、被子，床底下的臉盆、牙刷與漱口杯。只是，魚缸沒了，老張的菸灰缸沒了，老王的硯台裂成兩半。正來時，還和清雲、金蓮猜測哪張床、哪張桌的主人是誰。「戰爭就是這樣的。說來就來，說打就打。」清雲曾這麼說，說的是她從大陸到台灣的往事。原來，戰爭都是一個樣。

「東西做得莫帶就莫帶。」阿有說。

「要分蠻推該兜的東西，也做毋得帶？」春梅問。「蠻推」是客語裡頑皮細人的意思，他們都這麼叫大俫子。

「佢兜一儕[64]帶隻袋，放毋落[65]就算了。」阿有說。阿有是惜物的人，衫褲常著到磨出小洞，還是繼續穿，直到小洞連成大洞，補不了為止。東西壞掉，毋盼丟掉，越積越多。連阿有都講要丟就丟，還有麼个做得留？

天還未光，兩人攬著布包，準備行路到堤岸，再搭公交車。機票由阿有保管，錢一人帶一半。出宿舍，走一小段路，見廠房外鐵欄杆上，有株珍珠花越過牆來，開得盡靚。

「等下。」春梅對阿有說，折下兩枝珍珠花，抓一把泥土放在隨身手帕裡，包裹珍珠花的根，再塞入大包裡。若是平常時的阿有，一定會罵：「麼个時候了。」阿有卻沒多講一句話，靜靜等她摘好放妥，才繼續前行。

機場比平時擁擠，他們死命護著懷裡布包，勾手並肩走著，拚力擠入通關口，搭上飛機。等到飛機升空，春梅才真正鬆一口氣。這時，阿有輕撞春梅的肩膀，指著前幾排戴著墨鏡的細妹說：「是大歌星白光。」那細妹身材豐滿，看得出有點年紀，但打扮得宜，嘴上畫著紅唇，很有派頭。

「啊！」春梅忍不住驚呼。春梅無麼个會唱國語歌，但白光的成名曲〈魂縈舊夢〉實在太紅，清雲常掛在嘴邊，還教她唱過。她記得其中幾句，好像是：「花落水流，春去無蹤，只剩下遍地醉人的東風。」

「有一擺，」阿有說：「𠊎和老張和老王去酒店聽歌，佢兜聽到白光的歌，哭出來。𠊎問佢兜，有麼个好哭？結果，老張對𠊎講：『這你不懂。聽她唱歌，像回到上海。』該暗，𠊎一儕帶兩个酒醉的人轉去。」

「你也愛聽白光？」

「𠊎較愛聽李麗華的〈小白菜〉。佢的聲像隔壁細妹，逐日聽也做得。」阿有說。腦裡響起這首歌的旋律：「小白菜呀，小白菜，為什麼叫我小白菜：菜有根呀我沒有家，從小流落在荒村。」這首歌，總讓他想起和阿姆一路往南逃難的阿秋。

突然，機艙內有些騷動，有個男人自前排走往後方廁所。他的皮膚白皙，身材寬厚。春梅隱約聽見前座有人說「總統」二字。她看著那人的背影，心肝想：「有大歌星就算了，還有總統同班機！」春梅轉頭望著坐在身邊的阿有，依舊緊閉雙眼。她知，阿有一心想要自家做頭家，工廠都租了，機器也買了，結果紗還沒變布，就要轉台灣。阿有一定盡毋盼得。

64 一儕：一個人。
65 放毋落：放不下。

「青春一去，永不重逢；海角天涯，無影無蹤。」春梅彷彿聽見清雲在耳邊唱歌。幾日前，她才問過清雲：「麼个是無影無蹤？」清雲回她：「就是轉眼成空，什麼都沒有。沒有父母，沒有兄弟姊妹，沒有家。」春梅知道自家不是什麼都沒有，她有四個細人在台灣等她。她從窗戶看西貢最後一眼，又看向阿有，發現他也望著窗戶。

最後一眼，再看最後一眼。其實已經什麼也看不明了，窗外只有白雲飄過。但是，阿有就算看不見，他還是清楚記得西貢、堤岸和 **Bảy Hiền**，那些阿秋和他一起行過的街道，他曾舉起相機一一拍下的畫面。

是阿秋陪他一起做了這個頭家夢。如今，夢成空，人也不能再相見。阿有在心底向阿秋說了無數次拍謝，但他再也聽不到阿秋像從前一樣對他說「沒關係的」。算了。只能算了。

飛機在香港啟德機場降落，他們暫時找便宜的旅館住下，等待回台灣的班機。春梅到旅館的第一件事，就是拉開窗簾，用旅館的鐵盆把珍珠花連土種在窗台邊。窗外是別人家的窗，每個窗戶都伸出一條桿子，上頭掛滿衣服。春梅每日為它們澆水，對它們說話：「過幾日，就做得轉台灣了。」

到香港的第四天，還沒等到回台灣的班機，報紙上刊登越南統一的消息。報紙還說，好多難民湧入香港。照片上，很多人擠在一艘小船上，有的人一臉茫然，有的人一副快哭出來的表情。春梅看著她的珍珠花，花苞都落盡，只剩下幾片枯黃的葉子。她邊澆水邊對珍珠花說：「莫驚，莫驚，會到岸了。有土了，有水了，一定毋會死掉。」

半個月後，他們等到回台的班機。春梅重新包紮她的珍珠花，用報紙一層一層包裹珍珠花根部的土。為了給它們更多空間，春梅把大衣穿在身上。就在前兩天，其中一株珍珠花長出青色的新葉。春梅知道，它們一定可以活下去。她小心翼翼摟著行李袋，登上飛機。不知情的人看見，還以為裡面裝的是黃金或珠寶。

坐在飛機上的春梅，望著機艙內滿滿的人群，心肝有種對麼个人拍謝的感覺，好像是自家做得轉來，係用掉別人的位子。對於用別人的位子，她雖然感到拍謝，但不後悔。春梅拉開懷裡行李袋拉鍊的一角，讓裡頭的珍珠花透透氣，一面握著阿有的手，一面喃喃地說：「莫驚，做得轉屋家了。」

往後，春梅遇到再多事，大俫子欠錢，屋家分銀行查封，屘子發癲，妹仔離婚。她毋識怪麼誰，這是報應，是回家的代價。只要全家共下，有土有水，能活下去就好。

第七章

剪

牆上的眼淚

街道上除了偶爾駛過的摩托車，和二十四小時不打烊的便利商店外，顯得靜謐且寂寥。阿婆、石頭叔和我拖著行李走在小鎮大街上，「家」就在不遠的前方。它像一顆遙遠的星星，發出日光燈的微弱白光。雖然這麼說很奇怪，但我總覺得和阿婆去看西貢的海邊，還是剛剛發生的事，而眼前的「家」不是終點，更像是旅途的其中一站。

我就是在這棟房子裡，從一個初生的嬰兒長成現在這副模樣。明明待了那麼長的時間，以為閉上眼就能畫出它的模樣，實際上卻不是這麼回事。外牆的貼磚比我想像中掉得更多，露出一塊塊斑駁水泥。它曾經是鄰近房子裡最高的建物，國小放學後，我可以從菜市場就看見家的背面。現在周遭的房子都加高，就算已經離得這麼近，還是很難看見完整的它。我才知道，原來心裡家屋的模樣是不同時期的拼圖，以至於看見此刻的它，反而覺得陌生了。

走到家門口，癲狗叔躺在躺椅上，現在已經快十一點，平時九點就上樓休息的他，一直在等我們回來。他若無其事地起身，好像我們只離開一個下午。他推開玻璃門，從吧台拿起一個毛巾紙盒，遞給阿婆說：「清雲姨過身了，佢前兩日有去幫忙。」

「骨頭放哪位？」

「燒成灰，大陸該位有人來拿轉去[66]。」

「轉去就好。轉去就好。」阿婆嘆了口氣說：「生死有命。」把毛巾紙盒塞入手提袋，往樓上走去。

走在阿婆身後的我，發現提袋裡除了毛巾紙盒外，還有塊紫色布料，想起那原是阿婆從越南買回，要給清雲姨婆的禮物。偏偏就這麼錯過了。阿婆的心裡一定不太好受。我不知道該怎麼安慰她，只能默默待在她房裡，等她洗完澡、躺上床，才回到自己的房間。

打開行李箱，把東西整理、歸位，卻老是有種少了什麼東西的感覺？最重要的幻燈片還在，隨身物品也沒少，究竟是什麼東西遺漏了？還未想到，頭卻痛起來，本能地打開床頭櫃抽屜，翻找薄荷油。我受阿公影響，把薄荷油當萬靈丹，舉凡蚊蟲叮咬、牙痛、頭痛，全都一瓶搞定。我一眼見到拇指大小的圓形瓶身，立即旋開蓋子，塗擦太陽穴。薄荷味自腦袋兩側，傳入鼻息。

清涼的味道讓我緊繃的神經略微放鬆，幾乎是同一個時間，我想起失去的是什麼，是阿公的味道。我努力嗅聞整個房間，衣櫥裡、櫃子上，什麼味道都沒有。阿公真的走了，我坐在地板上，對著空氣喃喃自語，像個孩子般哭了起來：「要出現就出現，要消失就消失，到底要我怎麼樣！」我的眼淚不停地流，但不敢發出聲音，怕吵醒隔壁房的阿婆。從阿公過世到現在，這是我第一次流淚。

不知道哭了多久，我用袖子擦去眼淚和鼻涕。看著掌心裡的薄荷油，一個念頭閃過：「先前找阿公的幻燈機時，怎麼沒有想到床頭櫃？」低矮的床頭櫃倚在雙人床旁，上方呈ㄇ形，上窄下寬，六歲前的我把床頭櫃當書桌，整個櫃子留著我兒時的塗鴉。下方有兩個抽屜，上面那層抽屜放著一些雜物，有我國中時用的眼鏡、鉛筆盒，還有一些藥罐。下面那層抽屜中央有鑰匙孔，很久以前就被鎖上，很少打開。我知道阿公藏東西的習慣，房間鑰匙藏在腳踏墊下，大門鑰匙藏在盆栽底下。我把手伸進床頭櫃下方，果真摸到一支鑰匙。我把鑰匙插入鑰匙孔，用力一轉。喀拉，鑰匙在我面前往右側轉動。

抽屜一打開，一股陳年樟腦丸味道撲面而來，裡頭果然放著一個正方形黑色皮袋。我拿出皮袋，小心翼翼拉開生鏽的拉鍊。墨綠色幻燈機現身，塑膠插頭是淺藍色，機身上有兩組英文字，第一排是「minolta」，第二排是「AUTOCHANGER」。我轉開鏡頭的蓋子，把零件一一取出，卻不知道該如何組裝。

萬事問古狗，我以關鍵字上網查詢，找到網友分享同款幻燈機的部落格，標題是

66 轉去：回去。

「骨董幻燈機分享」。但是，網頁裡的幻燈機邊角呈圓弧狀，插頭的顏色、形狀也不同。從外觀比較，我手中這台恐怕是骨董中的骨董。我把機身打開，依據網頁的說明組裝。再把幻燈機放在椅子上，對著牆壁。接著把幻燈片放入換片夾，一切準備就緒，把插頭插入插座，關上房間的日光燈。

一分鐘過去，幻燈機的燈泡沒有亮。我雙手抱膝，眼前漆黑一片，僅剩天花板上有幾顆星點。它們是高中時到天文館參訪，買下的螢光貼紙，我用掃把的長柄將星星貼紙「頂」到天花板上，刻意排了一個如「丁」字狀的天蠍座，那是我的星座。關掉日光燈時，螢光貼紙就會發出淡淡的綠光，從天花板上，自那青春的時代朝我閃爍。

突然間，幻燈機的燈亮了。黑暗的房間裡，白色的牆上出現阿公的投影。他拿著椰子，站在戲院前，對著我笑。

「阿公。」我叫他，幾乎忘了他只是投影。相隔半世紀，如此年輕的他望著前方，露出一口白牙，一副未來一片光明的模樣。

下一張，整排紡織機在眼前，絲線整齊地落在機器上，幾乎可以聽見它們轉動的聲響。

下一張，阿公坐在宿舍的床上，低頭看著手中的相機，一手托住相機，一手調整鏡頭。

下一張，阿公自公車窗戶探出頭來，往遠方笑，脖子上掛著相機。

下一張，一個短髮髮女人站在塗滿廣告的水泥牆前，臉被皮包遮蓋，只看見圓潤的下巴。

最後一張，一個穿長衫的長髮女子低眉淺笑，高矮不一的九重葛簇擁著她。花苞可能因為底片隨時間變化，成了寶藍色，像暈染的眼淚，一顆顆掛在樹枝上。有一剎那，我幾乎以為九重葛是從牆裡生出來的，它一直長在那裡，只是我不曾發現而已。

紅毛猩猩的眼淚

春梅一夜不能睡。過去的種種一幕一幕在腦海裡搬演，那是很久很久不再想起的過去。清雲姊說走就走了，阿桃也走了好多年，老朋友一個又一個不在了。一個模糊的身影在春梅心底浮起。曾正。最早，他還是阿有的同事，阿有到西貢前，特別託付這個老弟多照顧家裡。

曾正確實很照顧她和細人。她知道曾正的心意，但她不能接受。曾正這下也做阿公了吧？毋知過得好不好？

一大早，春梅走往隔壁房間，叫醒阿玲，要她陪著去找曾正。

坐上車，春梅記不得地址，憑著腦海裡的印象，對計程車司機說：「先行到中國科技大學，直直行，看到白樹林就到了。」

沒有明確的地址和路名，司機顯得半信半疑的樣子，反覆問：「妳有確定無？」

春梅點點頭。等到車子駛過中國科技大學，沿路景色看起來不斷重複，水泥房、田地、水泥房，就是沒見到白樹林。春梅也擔憂起來，望向車窗外，喃喃地說：「敢會屋和樹林變田了？」

「有聽過田變成屋，還無聽過屋變田的。偃看你兜尋毋到了。」司機回她。車速慢下，似隨時準備回頭。

司機的反應就像她的記憶從來不曾存在，春梅決定下車用走的。下車後，頭前只有一條寬廣的柏油路，被遼闊的稻田包圍，往前延伸，不見盡頭。

「阿婆，妳有確定無？」連阿玲也懷疑起來。

「頭擺還係泥路，盡難行，妳曾正叔公就係行該種路來尋偃。該時，妳阿公去越南，佢知偃無錢，有時會拿點錢分偃，偃講毋要，佢講要分細人的。有擺，細人講想去動物園搞，佢還陪偃兜去。」春梅邊走邊說，以前一路走到鄰村都沒事，現在走沒幾步，就開始喘。

春梅記得，該時阿瑞正十歲。動物園底背有隻紅毛猩猩堵好和阿瑞同年。籠子盡小，停動毋得。阿瑞跕佇籠子頭前，該隻猩猩就伸手指出來，阿瑞也伸出手指摸佢。轉來時，阿瑞盡哭，講該隻猩猩盡衰過。曾正就和阿瑞講，還會帶佢去看猩猩。結果，無看到猩猩，阿瑞就走了。春梅驚鄰居講閒話，就沒再跟曾正聯絡。

後來，阿有轉來了。過沒幾久，就聽阿有講曾正要結婚了。餔娘也係辛苦人，第二擺結婚，還帶妹子。這也莫要緊，自家歡喜就好。

這時，一輛黑色轎車停下。車窗搖下，一個瘦削的老人坐在駕駛座上，喊：「春梅姊！」春梅仔細一看，是曾正。以前的烏髮全白了，曾正老了，毋過聲還係恁溫柔。

「恁堵好，𠊎頭下載餔娘去妹子屋家，想天暗前巡一下田，自家先轉。」曾正說：「要去哪位，𠊎載妳兜去。」

「想來看你啦！拍謝，無先和你講就走來。」春梅說。

「無要緊啦。遽兜上車！」待春梅和孫女上車坐定，曾正邊調整空調，邊問：「後背會熱無？」

「恁樣做得。恁樣做得。」春梅回答。曾正還像頭擺同樣，當為人想。

「阿有哥走了有兩、三个月。」曾正停頓幾秒，說：「妳有較好無？」

「日子也係恁樣過，就像佢頭擺出國同樣。」春梅說。兩人陷入一陣沉默。

阿玲見兩人都沒出聲，便問：「叔公，你頭擺也有出國做頭路無？」

曾正笑了兩聲，說：「無恁長期的啦！出國哪有恁簡單，妳阿公技術好，正有機會出去恁久。」

「無你去過哪位？」阿玲問。

「菲律賓。」

「菲律賓！」

「係啊。妳知木梭無？」見阿玲點頭，曾正續講：「頭擺要去紡織廠做頭路，還要考試。侷會做木工，曉得修理木梭，正無經過考試。恁樣做到工廠全部改用『無梭機』，舊機器就賣到菲律賓，分該位的工廠用，侷負責去該位組機器。組好就轉台灣。」

「該係幾久前的事情？」阿玲又問。

「侷記得該係一九八六年，菲律賓前總統艾奎諾的餔娘柯拉蓉做總統該年。毋過，佇菲律賓的哪位，侷就無麼个記得，就知要先到馬尼拉，坐車兩點鐘正會到。侷和同事歸日佇工廠底背，工廠牆當高，像坐監[67]。無麼个機會出去行行。」曾正說：「佇該位，侷想盡多。時代變了，侷也老了。侷入行係民國四十二年，一个人掌六台機器。有無梭機，一个人看十幾台無問題。轉來台灣，侷就辦退休。」他嘆口氣，又笑了笑說：「耕田，較自由啦。」

說到這，一大片白樹林出現在稻田邊。曾正將車往左轉。春梅看見白樹林枯白纖瘦的枝幹，頂端少少的樹葉，心裡激動。樹林沒有變成田，也沒變成屋，都還在。

順著白樹林旁的小路往下行，三合院依偎在白樹林旁，右側改建成兩層樓水泥房。曾正停妥車，帶大家進屋。正廳內有張長方形矮桌，矮桌兩側都各有兩張靠背的木椅。曾正先是倒茶，又拿餅乾，十分忙碌。

「毋須恁無閒，偃就來看看老朋友。」春梅說。

「無啦，無麼个東西好招待，恁拍謝。」曾正坐下。

「你知阿瑞入塔了？該細人轉來了。」三、四年前，祖堂讓未嫁細妹入祠，阿有想辦法，分阿瑞入塔。

「轉來就好。轉來就好。」曾正連說了兩次，接著說：「偃有去看該隻紅毛猩猩，妳還記得無？」

「當然記得！」春梅沒想到曾正還記得，問：「佢還在無？」

「佢佇該籠子底背到四十歲，面兩邊生盡大。」曾正把手放在臉頰邊，做出紅毛猩猩

67 坐監：坐牢。

的模樣。

「佢一生人就待該籠子底背？」春梅問。

「有換較大兜的籠子，毋過也無幾大。有幾擺，倨捐錢分動物園，也有寫信，看動物園做得分佢食較好點。」

「你恁有心，阿瑞知也會盡歡喜。倨自家不敢再過去。」春梅低著頭，內心充滿歉疚。

「無要緊，倨知。」曾正安慰。

算算，該隻關在籠子裡紅毛猩猩，活得比阿瑞還長。該係阿有到越南的第四年，阿瑞正十一歲，屘子上小學。聽小玉講，屘子偷走同學的鉛筆盒，被先生發現，先生寫張字條，要阿瑞交分大人。阿瑞驚小弟分佢屘叔打，就帶小弟離家出走。麼誰知該日暗晡落大水，全村的人分頭找，結果佇庄下伯公廟尋到佢兜。阿瑞全面烏烏，無救了。屘子佇旁脣盡哭。

對阿瑞來講，無阿爸的屋，就像小籠子，做毋得停動。對春梅自家來講，也係同樣，無老公的屋，也像小籠子，做麼个就驚人罵。

想到這裡，春梅眼眶紅了。還是曾正先發現，趕緊遞上衛生紙。

阿玲很少見阿婆哭，顯得有點手足無措，問：「阿婆，妳仰般？」

「無啦。做細人有耳無嘴。」春梅說，從阿玲手中接過禮盒，雙手遞給曾正說：「好了，打擾恁久，你還要巡田水，偓先轉，這盒水蜜桃送你。」

「拍謝啦！無麼个好招待，又拿妳的東西。」曾正叔公不停道謝。

「哎，偓做得承蒙你的就這兜，你就收下來。」阿婆說。

「偓幫你兜攝張相片，好無？」阿玲一臉笑咪咪說。

「偓著這汗衫，無好看啦。」曾正有點不好意思地說，走到牆邊直立式衣架拿件襯衫，套上瘦削身體，上頭繡著長春紡織廠字樣。邊扣鈕子邊說：「這係工廠制服。民國八十年正有，到今也有二十年了。」

「你還會留東西。」春梅說。

「有兜東西，想留也留毋成。」曾正邊說邊走到門邊：「去外背攝好了。」

春梅聽到曾正說的話，但假意沒聽到。拉著孫女跟著曾正來到屋背。卻見到整面水泥牆爬滿紅紫色的珍珠花，從頂樓落下。春梅愣住了，佢一眼就看出來，這係從越南帶轉分曾正的。曾正結婚，佢無去，喊阿有帶來分佢。有攏過年，春梅陪阿有來尋曾正，無看到花，心肝想：分佢的珍珠花怕早就死掉。結果係養佇屋背。好得還有一枝沒死，開到恁好。

「就這位。」曾正站在珍珠花的正前方。

本來望著珍珠花出神的春梅，走到曾正身邊，有點拍謝，毋敢企忒近。

「你兜企較近兜啊。」阿玲拿出手機，對春梅和曾正說。

曾正大方地靠過來一步，春梅還是動也不動。阿玲拍好，把手機拿給他們看。春梅看著手機裡的人影，無麼个細妹、細倈，就看到兩个老人。

「老了，真識老了。」春梅搖著頭說。

「係啊，老了。」曾正說。

離開前，春梅順手摘下一朵珍珠花，往屋前走去。她聽到曾正佇後背問：「偃開車載妳兜轉，好無？」

「毋須，偃頭下和司機講好，要做佢的車轉。」春梅說完看了阿玲一眼。阿玲趕緊摸出口袋名片，打電話給司機。

「偃陪妳兜去外背等好了。」曾正走到春梅身邊。

行到屋前，春梅對曾正說：「送到這就好了。」

曾正點點頭，佇屋門頭前向春梅揮手，說：「保重，正來聊。」

春梅也揮手，牽著阿玲行上馬路。春梅心肝知，以後也不知還做得再見無？毋過，佢看到曾正了，看到珍珠花了。恁樣就好了。

「阿婆，妳有感覺頭下該珍珠花，盡像頭擺屋家的無？」阿玲指著春梅手中的珍珠花問。

「憨孫女，當然像。」春梅露出微笑，兩頰浮現淺淺的酒窩：「該係偓從越南帶轉的。偓和妳講，該時偓和妳阿公……」

剪一串珍珠

夜裡，我一點睡意也無。看著手機裡曾正叔公與阿婆的合影，背後滿布紅紫色九重葛。它一路從西貢到台灣，不知道經歷過怎樣困難的旅途，這樣活著也有四十幾年了。單一朵花苞，也許沒有玫瑰的豔麗，水仙的脫俗，但成群結隊攀爬著水泥牆的九重葛，卻給我努力活著的感動。無論去到哪裡，只要有土可以扎根，有水可以潤澤，就可以好好活下去吧。

我把照片用訊息傳給小惠。幾分鐘後，手機閃起藍光，鈴聲響起。來電號碼顯示「小惠」，立刻接起電話。但是電話那頭沒有任何人聲，就算有，我可能也聽不見。因為，我聽到紡織機運轉的聲音，如一隻巨獸般轟然而至。

我想起和阿婆一起去胡志明市邊郊的家庭紡織廠，那個背對著我穿著夾腳拖的纖瘦女孩。平日裡，十幾個人聚在民房式的工廠，在漫天飛舞的棉絮裡，以勞力換取微薄的薪資。我彷彿看見年輕的阿公就站在那女孩身邊，對我微笑，露出他招牌的大門牙。牽起我的手，往廠房的盡頭走去。我仰頭看著身邊的阿公，他帶我走進一間大廠房，所有的紡織機站立於兩側，像齜牙裂嘴的野獸。阿公是馴獸師，再難馴服的野獸，都要乖乖臣服於他。正當我感到驕傲時，一抹熟悉的背影站在紡織機前，她把一頭長髮盤起。我知道她是誰，她是小惠的 **Yaya**。我的眼淚流下，反覆說著「對不起」和「謝謝」。

嘟嘟嘟，手機掛斷。小惠聽見了嗎？小惠的 **Yaya** 聽見了嗎？阿公，聽見了嗎？在轟然巨響裡，我輕如針尖掉落的話。無論他們是否聽見，我感覺到說出這些話的自己，和從前有些不同。至少，我願意，重新面對這棟漏水處處又裂隙橫生的家屋，以及自己並不完滿的生命。

隔天，我坐在書桌前上網搜尋工作時，手機再次響起，是小惠。我立刻接起手機，卻沒聽見紡織機運轉的聲音，只有斷斷續續吵雜人聲。

「喂，是小惠嗎？」

隔了幾秒鐘，手機那頭終於有人回應：「喂，你好。請問你是小惠的？」是一個男人粗啞的嗓音。

「我是她朋友，小惠怎麼了嗎？」我的內心隱約覺得不安。

「我是小惠的組長，就是，小惠在工廠昏倒，我聯絡不到她的家人，看到最近的一通來電是這支電話，所以……」

還沒等到「組長」說完話，我就著急地問：「小惠人在哪裡？」得知小惠在醫院，我立刻跑向火車站，奔往城裡的醫院。路上風景雖在身邊，卻異常遙遠。這種感覺非常熟悉，這是阿公過世那天，我趕著回去見他最後一面的心情。

小惠沒死。

她平躺於病床，胸部有序的起伏。一個滿頭大汗，身穿制服的中年男子站在病床邊，眉頭緊皺。

「我是小惠的朋友阿玲，我們通過電話。小惠怎麼了？」我走到病床邊。

「小惠被發現昏倒在機器旁的大鐵桶裡，醫生說她可能太勞累，體內血糖不足，所以昏倒。」他講完後，似乎還想說什麼，但不知道怎麼開口，看了看手錶，又看了看小惠。

我想他可能還得趕回工廠，便說：「沒關係，有事你先去忙，我會在這裡等她醒來。」

「謝謝。這是工廠的電話，麻煩她醒來後跟我聯絡。」他遞給我一張名片，印著工廠的名稱和電話，還有用原子筆寫上的名字，字跡潦草。

他離開後，我坐在病床旁的椅子上，環顧四周。這是間六人病房，每張病床都有簾子隔著。有時聽見靠窗的傳來咳嗽聲，有時聽見隔壁床男女的交談聲。我感到有些疲憊，把頭靠在病床邊，想休息一會，卻不小心睡著了。醒來時，小惠恰好自簾外走進，身上仍穿著綠色病人服，臉色略顯蒼白。

她露出那顆小虎牙，笑著說：「不好意思，讓妳跑一趟。太累，躲到鐵桶睡，被抓包了。」即使身體出了狀況，小惠還是慣於逞強。

「換個工作吧。」我說。

小惠沒有回答我，坐上床，環抱膝蓋，偏頭望著我說：「我想回山上一趟。妳可以陪我去嗎？」她張著黑白分明的大眼，好像山就在前方。

我和小惠約在竹東的公車站。我下車時，小惠已經在站內，滿臉笑容朝我招手。她穿著一件印有小叮噹圖案的長袖 t-shirt，搭配一條牛仔褲，手上掛著一件附帽子的白色外套。之前她就叮囑過我：「不要用山下的天氣去想山上的。」所以，我的背包裡也塞著一件羽絨外套。

往山上的班次不多，我們坐在公車站的長椅上等待。按照班表，大約要一個小時後才有上山的公車。可能是太久沒回去，小惠的反應與平常不太一樣。她不時張望著進出站的公車，時坐時站，有些緊張。

終於搭上公車。車子從竹東鎮往山邊開，經過一排低矮的紅磚房，建築外觀和老湖口的磚房有點像。道路沿著山壁蜿蜒向上，公車行駛的速度緩慢。右側是山，過長的竹枝或樹枝會掃進車窗。左側是山谷，有一條溪穿行在裸露的石床上。車上乘客不多，隨著公車越往上爬，最後只剩下小惠和我。雖然，我知道要跟她回「山上」，但確切要去哪裡，我並不清楚。

小惠望著車窗說：「一開始，我想等 Yaya 回來，不想離開那條街。一個月前，Mama 打給我，說部落有個泰雅族 Yada，離婚回部落，自己種苧麻、織布，再賣到山下去。Mama 不放心我，要我回部落。」

公車就要抵達最後一站。一個拄著枴杖的男人，站在路邊。小惠自窗口探出頭來，喊：「Mama！」下車後，我發現 Mama 其中一隻腳膝蓋以下被截去，必須依靠枴杖行走。即使只有一隻腳，Mama 還是走得非常快。光是一小段上坡，就叫我氣喘吁吁，Mama 卻像走在平地般輕鬆自如。

走了大約二十分鐘，右側出現一大片竹林。竹子長得非常密集，有翠綠色的，也有鏽黃色的，陽光灑進裡頭，地面上出現一點一點的光點。

Mama 轉過頭來對小惠說：「妳 Yaya 以前最喜歡在裡面玩。要不要走進去看看？」

Mama說完就走進竹林裡。

我們跟著Mama從一個較寬敞的入口走進，才發現，裡頭是條竹子隧道，只容一人穿行。走了一小段路，發現中央有塊空地，陽光從上方灑入，有點像我家的天井。陽光照著的地面是塊柔軟的泥地，小惠的Yaya還是個小女孩的時候，也許曾經蹦蹦跳跳地踩在這泥地上跳舞。Mama沒有停下腳步，繼續往上走，也許怕我們在密集的竹林裡迷路，他哼起歌來，聲音渾厚，引著我們往前。

穿過竹林，來到一條石子路，路底是一間合板搭建的工寮。工寮裡沒有燈，憑著日光，可以看到桌面上有一個火爐，這裡應該是廚房。工寮旁有塊空地，空地四周立著四根木柱，頂端有屋頂，下方是一小堆燒得焦黑的木頭，邊緣還閃爍著火紅的星光。再往裡走是一間鐵皮屋，鐵皮屋看來很新，左右各有一扇窗，中間是門。我被左側的窗吸引，那裡種著一株九重葛，它的根落在盆栽裡，攀附鐵窗生長。只有稀疏幾朵淡淡的粉紅，花開得雖不多，卻與門上垂掛的手織布簾十分相襯。

Mama掀開門簾，帶我們進屋。靠牆處有張低矮的木板床，上頭坐著一個五、六十歲的女人，腳抵著經軸，兩手推送，手心向下，輕輕地移動。由於太專注的關係，並沒有發現有外人進屋裡來。

「朵細，」Mama說，「小惠來了。」

那個叫朵細的女人放下手中的器具，看著小惠說：「長這麼大了。還記得我嗎？」

小惠搖著頭。

「我是妳 Yaya 最好的朋友。我嫁到南部去，就很少聯絡了。」

小惠一面走近朵細，一面拿出背包裡的束口袋遞給她。朵細輕撫束袋上的菱形和斜線的花紋，掉下淚來，說：「這幾年，是編織教我活下來。妳知道這些紋路的意義嗎？」小惠搖頭。她接著說：「菱形是眼睛，這些斜線是一直走下去的意思。我想，妳的 Yaya 是想說，不管她在哪裡，她都會看著妳一直走下去。」說完，她抱住小惠，彷彿小惠還是個小孩子，嘴裡唱著我聽不懂的歌曲，聲音輕緩，一再反覆。唱了三、四遍後，小惠也跟著哼。

Tminun tminun tminun yaki

織布 織布 祖母正在織布

Tminun tminun tminun bala

織布 織布 她在織麻布

Cili Cili turun turun

織呀織呀

Cili Cili turun turun
織呀織呀
Pq ba ku suna tminun yaki
我也想要學織布像祖母一樣
I yet I su snbin ba ha ma ki tminun
因為有妳 織布文化才能永流傳
Mhway su snbin tminun tminun yaki
謝謝妳傳承祖母織布的技術
I yet I su snbin ba ha ma ki tminun
因為有妳 織布文化才能永流傳

「小時候，Yaya會唱這首歌哄我睡覺。」小惠說。

「對我們Tayal來說，生命就像織布機，一直織一直織，織完了，Utux會帶我們渡過彩虹橋，和祖先在一起。」

朵細說完時，小惠已淚流滿面。我看見笑起來像太陽一樣的Mama，也躲在一旁落淚。

「要回來幫我嗎？」朵細問。

小惠看著我，猶豫不決。

「Yaya 一定也記得回山上的路。」我說。

小惠決定留在山上一晚，隔天再下山遞辭呈和收拾東西。她和朵細約定回山上幫她，但從前工廠的同事們若還有抗爭的行動，她還是會下山。我則因為隔天還有面試，必須當日下山。

離開前，我問朵細：「能不能讓我摘一枝九重葛回去，我沒見過開在那麼高地方的。」

「拿去吧。」朵細大方地說。

我向朵細借了一把鐵剪刀，剪了一枝九重葛，上面只有一朵花苞。我帶著九重葛搭公車回家，打算把它種在二樓陽台，像從前的那株一樣。對於那個我從小長大的地方，我沒有法律上的繼承權，也不是男丁，早晚必須離開。尤其，大寶、二寶、小寶，還有小Q和囡囡，他們越長越大，家顯得越來越擁擠。癲狗叔大概就是在這樣的壓力下，對我說出「這是我的房子」那句話。他不像石頭叔還有工作的能力，除了這個家之外，他擁有的籌碼太少太少。

不過，在我離家前，我想先等九重葛開花，結成串串珍珠。這是我對自己、對這個家，所能做的，最好的祝福。就算帶著傷痕，帶著遺憾，也要好好活下去。

九歌文庫 1269

織

作者	張郅忻
責任編輯	羅珊珊
創辦人	蔡文甫
發行人	蔡澤玉
出版發行	九歌出版社有限公司 臺北市105八德路3段12巷57弄40號 電話／02-25776564・傳真／02-25789205 郵政劃撥／0112295-1
九歌文學網	www.chiuko.com.tw
印刷	晨捷印製股份有限公司
法律顧問	龍躍天律師・蕭雄淋律師・董安丹律師
初版	2017年11月
定價	320元

書號 F1269
ISBN 978-986-450-150-2（平裝）
（缺頁、破損或裝訂錯誤，請寄回本公司更換）

本書榮獲 財團法人｜國家文化藝術｜基金會 National Culture and Arts Foundation 創作補助

國家圖書館出版品預行編目資料

織 / 張郅忻著. -- 初版. -- 臺北市 : 九歌, 2017.11
面； 公分. -- (九歌文庫 ; 1269)
ISBN 978-986-450-150-2（平裝）

857.7 106017278